Württembergische Volksbücher

Sagen und Geschichten

2. Band

Württembergische Volksbücher

Sagen und Geschichten

2. Band

Württenbergischer Evangelischer Lehrer-Unterstützungs-Verein (Hg.)

ISBN: 978-3-86267-087-1

Auflage: 1
Erscheinungsjahr: 2011
Erscheinungsort: Bremen, Deutschland

Europäischer Literaturverlag GmbH, Fahrenheitstr. 1, 28359 Bremen. (www.elv-verlag.de)

Inhalt

Hohenstaufen-Sagen. 5
Wie der Hohenstaufen wurde. 5
Die Gründung der Oberhofer Kirche zu Göppingen 5
Die Belagerung der Burg Hohenstaufen 7
Margarete von Staufen. 12
Der Fuchseckschäfer. 14
Geislinger Sagen 15
Der Geiselstein 15
Das Brünnlein an der Steige 16
Das steinerne Weib bei Wiesensteig 19
Gründung der Stadt Kirchheim und der Burg Hohenrechberg 20
Die Sibylle auf der Teck 25
Der Reutlinger Sturmbock 1247. 27
Das Wahrzeichen zu Tübingen. 31
Die Heidenkapelle zu Belsen. 36
Der Goldkessel der Reichenau bei Münsingen. 42
Der Waldgraf von Laichingen. 44
Die Riedkapelle bei Hundersingen. 46
Die heilige Hildegard auf dem Bussen. 49
Heinrich mit dem goldenen Pfluge. 50
Blaubeurer Sagen. 52
Der Blautopf. 52
Der Blaugeist 53
Die Blautopfbeschwörung im Jahr 1641. 57

Jörg Syrlin 57

Die Blaubeurer Madonna 58

Der Wunderstein im Blautopf 59

Der Ritter von Gerhausen 60

Der Student von Ulm 61

Die steinernen Jungfrauen im Brenztale 65

Königsbronner Sagen. 68

Die Klage auf Herwartstein. 68

Die Schlüsselbergerin 70

Wie die Franken ins Schwabenland gekommen 72

Crailsheimer Sagen. 74

Die Horaffen. 74

Ein mit Wein erbautes Gotteshaus. 75

Die verlorenen Akten. 76

Die fromme Gräfin Adelheid. 76

Jokele hin, Jokele her. 77

Ein Diebstahl und seine Entdeckung. 78

Eppelein von Gailingen 79

I. 79

II. 80

III. 80

Die Anhäuser Mauer. 82

Der Froschzauber von Rechenberg. 83

Der gründische Brunnen 83

Die Glocken von Tiefenbach. 85

Die Herrgottskirche bei Creglingen. 86

Der Jäger Kournle auf dem Einkorn.. 87
Haller Sagen... 89
Der Siedershof... 89
Der Teufel und der Salzsieder... 91
Hans von Stetten und die Städtemeisterin.................................... 91
Der Letzte von Hohenstein... 93
Die Waldenburger Fastnacht im Jahr 1570.................................. 94
Gründung des Klosters Murrhardt.. 95
Das steinerne Kreuz bei Löwenstein.. 97
Weinsberger Sagen... 101
Die Weibertreu... 101
Das Weinsberger Fass... 102
Der Keltergeist.. 104
Heilbronner Sagen.. 106
St. Kilian... 106
Das Kätchen von Heilbronn... 107
Der große Hecht im Böckinger See.. 109
Der Holgeist... 111
Notburga... 113
Der Schäferlauf zu Markgröningen... 116
Das Schlangenkrönlein.. 117
St. Urban... 117
Schwarzwälder Sagen.. 120
Der Wildsee.. 120
Am Mummelsee... 122
Der Schlangenhof... 126

Die Kirche in Urnagold. 127

Wie Baiersbronn seine große Markung bekam. 129

Der Grafensprung. 130

Stiftung des Klosters Hirsau. 131

Meister Epp und seine Hunde. 132

> Ich möcht' mich der wundersamen Historien,
> so ich aus zarter Kindheit herübergenommen,
> oder auch wie sie mir vorgekommen sind in meinem Leben,
> nicht entschlagen um kein Geld.
>
> Dr. Martin Luther

Hohenstaufen-Sagen.

Wie der Hohenstaufen wurde.

Die Gegend um den Hohenstaufen war schon in uralten Zeiten schön und lieblich wie ein Garten Gottes. Aber in diesem Gottesgarten wohnten zwei wilde Riesenvölker, und die hatten immer Streit miteinander. Einmal kämpften sie so erbittert miteinander, dass sie sich bis auf den letzten Mann umbrachten. Dabei zerstörten sie die ganze Gegend. Da sagte unser Herrgott: »Nun haben mir diese wilden Riesen meinen schönen Gottesgarten zerstört. Ich will aber einen neuen pflanzen.« Er nahm die Felsstücke, welche die Riesen gegeneinander geworfen hatten und schleuderte sie vor sich, und das gab die Berge der Alb. Dann nahm er die Rasenstücke, welche die Riesen losgerissen hatten, und warf sie hinter sich – und das gab den Schur- und Welzheimer-Wald. Auf dem Platz aber, wo er stand und die gute Erde durchsiebte, entstand der Bergkegel des Hohenstaufen. Daher ist die Gegend um den Hohenstaufen heute noch um ihrer Schönheit und Fruchtbarkeit willen berühmt.

Aus »Auf der Baar« v. W. Jensen.

Die Gründung der Oberhofer Kirche zu Göppingen.

Auf dem Hohenstaufen hat man schon öfters große Knochen gefunden, die wahrscheinlich von einem der großen urweltlichen Tiere, dem Mammut, dem Ur oder Elch stammen. Die Sage bringt sie aber in Verbindung mit Riesen, die zu der Zeit, da unsere Voreltern noch Heiden waren, auf dem Hohenstaufen eine Zeit lang gehaust haben sollen. Sie waren wilde und rohe Gesellen und hatten ihre Freude daran, die Leute in Schaden und Angst zu bringen. Zu ihrem Zeitvertreib rissen sie Steine und mächtige Felsblöcke aus dem Berg und warfen sie in großem Bogen hinaus ins Land, dass Felder und Häuser zerstört und Menschen und Tiere erschlagen wurden. Niemand konnte ihrem wüsten Treiben Einhalt tun, denn die Riesen waren mächtiger als alle Menschen zusammen und spotteten selbst der Götter, zu denen die Leute in ihrer Not riefen.

Nun lebten in dem Walde Hochfürst, nicht weit von der jetzigen Stadt Göppingen entfernt, drei edle Jungfrauen. Sie hatten an einer klaren Quelle des Waldes ihr schimmerndes Haus, spannen und woben und führten ein frommes Leben. Sie erbarmte die Not der Leute, und sie beschlossen, dem starken Gott der Christen eine Kirche zu bauen. Als Platz für dieselbe wählten sie den hochgelegenen Ort Oberhofen, von wo aus das Gotteshaus weithin sichtbar war. Bald ertönten von den Türmen der neuen Kirche die Glocken und luden die Leute zum Beten ein.

Den Riesen war aber der Glockenton ein Gräuel. Sie kamen in große Wut und warfen mit einer großen eisernen Kugel nach der Kirche, um sie zu zerstören. Einer der beiden Türme wurde auch getroffen und am Dache schwer beschädigt. Doch sonst konnten sie der Kirche nichts anhaben. Aus Grimm darüber verließen sie das Land. Die Kugel aber liegt seit jener Zeit in dem Turm und kann nicht daraus entfernt werden. Schon öfters hat man versucht sie fortzuschaffen, aber jedes Mal ist sie von selbst wieder an ihren alten Platz zurückgekehrt. Selbst als Kaiser Friedrich der Rotbart sie einmal gegen die Sonne schoss, ist sie wieder in die Kirche zu Oberhofen niedergefallen. Auch die Löcher am Hohenstaufen, aus denen die Riesen einst die Wurfsteine gerissen haben, sind noch vorhanden. Das Volk nennt sie die »Heidenlöcher« und behauptet, dass sie tief in den Berg hinein sich erstrecken. Das untere Loch soll sogar bis zum Hohenrechberg gehen; »denn ein Hahn, den man auf Hohenstaufen einmal in diese Höhle laufen ließ, kam bei Hohenrechberg wieder zum Vorschein«. Auch nach Oberhofen und nach dem Kloster Lorch sollen unterirdische Gänge vom Staufen aus führen.

Die Kirche von Oberhofen erweiterte sich mit der Zeit zu einem Chorherrnstift. Aus den umliegenden Höfen, die in sie eingepfarrt wurden, ist die Stadt Göppingen entstanden. Noch 1620 war die Oberhofer Stiftskirche die Göppinger Stadtpfarrkirche, und heute noch befindet sich um sie her der Gottesacker der Stadt, die sich unten an der Fils von Jahr zu Jahr weiter ausdehnt.

Nach Meier von R.

Die Belagerung der Burg Hohenstaufen.

Es war im Jahre 1127. Die warmen Strahlen der Nachmittagssonne überfluteten die Gefilde des Filsgaues und auch die Abhänge des schön gerundeteu Berges, der sich daraus emporhebt. Nach seiner Form, die einem umgestürzten Becher ähnlich ist, hat er in unvordenklicher Zeit den Namen Staufen, d. h. Becher, erhalten. Jetzt ist sein Gipfel kahl; im oben genannten Jahre aber trug er eine stattliche Burg, deren Mauern und Zinnen wie flüssiges Silber im Sonnenschein glänzten. Auf dem hohen Wartturme flatterte lustig die Fahne der Schwabenherzöge mit den gelben Löwen, hin- und hergeweht von dem frischen Lufthauche, den das nahe Albgebirge herübersandte. Kaum fünfzig Jahre früher war die Burg erbaut worden, als Friedrich von Büren von Heinrich IV mit der Hand der Kaiserstochter Agnes zugleich das Herzogtum Schwaben erhalten hatte. Der alte einfache Edelhof im Tale drunten wollte ihm da nicht mehr genügen, und er erwählte sich den nahen Staufen zu seinem herzoglichen Sitze. Dazu war der Berg vor anderen geeignet. Wie ein Feldherr vor seiner Schlachtlinie, so steht er vor der lang gezogenen Kette der Albberge da, hineinschauend in das Herz des Schwabenlandes, wo Berg an Berg sich reiht, bekränzt von frischem Waldesgrün und früchtereichen Obst- und Weingärten. Auch stand der Berg seit uralten Zeiten in hohem Ansehen. Soll er ja, wie die Sage berichtet, vor Zeiten nicht nur die Wohnstätte mächtiger Riesen, sondern sogar der Sitz der Götter selbst gewesen sein.

Der warme Sonnenschein hatte die Burgherrin, die Herzogin Judith von Schwaben, aus ihrer Kemenate gelockt. Sie war die Wendeltreppe des Turmes hinabgestiegen und hatte sich im kleinen

Burggärtlein beim Zwinger in die Sonne gesetzt. Ein Diener hatte ihr einen Lehnsessel zurechtgestellt, und nun schaute sie ihren Kindern zu, die unweit von ihr sich beschäftigten. Die beiden Mädchen pflanzten und begossen Blumen im Beete, und der fünfjährige Friedrich, ein Knabe mit hellen blauen Augen und langen goldblonden Locken, schoss mit der Armbrust nach einem hölzernen Vogel, und selten verfehlte sein Bolzen das Ziel. Helle Mutterfreude strahlte aus den Augen der Herzogin, wenn sie auf ihren Liebling blickte. Ahnte ihr Herz vielleicht, dass er einst auf seinen Locken die deutsche Krone tragen und als Kaiser Barbarossa die Welt mit seinem Ruhme füllen sollte? Wir wissen es nicht; aber ihre bleichen Wangen färbten sich röter und verscheuchten die schweren Sorgenfalten, die sich auf ihrem Gesichte eingegraben hatten. Denn Judith war leidend und in der letzten Zeit mehr als sonst. Ihr Gemahl, Herzog Friedrich von Schwaben, war mit seinem Bruder Konrad in den Kampf gezogen gegen den deutschen König Lothar, auf dessen Krone er ein Anrecht zu haben glaubte. Die beiden Brüder standen mit ihrem Heer über der Donau drüben in Oberschwaben. Dort erwartete man täglich eine Schlacht; denn Lothar war mit seinem Heer aus Sachsen aufgebrochen und hatte sich der Donau zugewendet, um die Schwabenherzöge anzugreifen. Judiths Kummer galt aber nicht dem Kampf und der Fehde. Krieg und Kriegsgeschrei war man zu ihrer Zeit gewohnt, und ein Fürst konnte nur wenig der süßen Ruhe und des häuslichen Glückes Pflegen. Ihr Kummer und Herzeleid war, dass ihr eigener Bruder Heinrich, aus dem stolzen Geschlecht der Welsen und Herzog von Bayern, sich auf die Seite Lothars gestellt hatte und gegen ihren Gemahl Friedrich zu Felde lag. Sie hing mit inniger Liebe an ihrem Gemahl wie auch an ihrem Bruder und musste nun die beiden, die ihr so lieb waren, im Kampf und Streit miteinander wissen, ohne helfen zu können. Denn Herzog Heinrich wollte in seinem stolzen Sinn und aufgestachelt durch den Papst und die Geistlichkeit von keinem Frieden etwas wissen. Mit allen Kräften war er darauf bedacht, König Lothar zu unterstützen und dem mächtig aufstrebenden Hohenstaufenaar Fänge und Flügel zu kürzen.

Tag und Nacht nagte der Gram über den unseligen Zwist am Herzen der unglücklichen Frau, und eben wieder hing sie ihren trüben Gedanken nach, als die Pforte am Burggarten sich öffnete und der Burgvogt Swineger eintrat. Er war ein ritterlicher Mann mit silberweißem Bart und Haupthaar. Auf seinem ehrlichen Gesicht lag ein tiefer Kummer. Rasch näherte er sich der Herrin und beugte vor ihr das Knie. »Was gibt's, Swineger?« fragte Judith freundlich: »Eurem Gesichte nach zu schließen wenig Gutes.« »O, Herrin,« erwiderte Swineger, »ich wollte, ich dürfte verschweigen, was ich zu berichten habe. Soeben ist vom Abt in Lorch ein Bote gekommen. Er lässt uns sagen, dass Lothar plötzlich die Richtung seines Marsches geändert hat und nun auf unsere Burg zuhält. Seine Vorhut streift schon im Schurwald, und nur wenige Stunden noch, so werden wir von ihm eingeschlossen sein.« Die Herzogin erbleichte. Dann aber richtete sie sich stolz und entschlossen auf. »So sendet Boten zu meinem Gemahl,« sagte sie, »und tut unterdessen, was Ritterpflicht euch gebietet. Das aber schwöre ich: Die Burg soll und darf ihre Tore nicht öffnen, bis mein herzoglicher Gemahl zur Hilfe herbeigekommen ist!« »So sei's, gnädige Frau,« erwiderte Swineger, »und solange ein Tropfen Blut in meinen Adern fließt, soll der Staufen nicht in Lothars Hände fallen.« Mit diesen Worten verbeugte er sich und ging, um die nötigen Vorbereitungen zur Verteidigung der Burg zu treffen. Aus dem Dorfe wurden die waffenfähigen Männer, soweit sie nicht schon mit dem Herzog gezogen waren, zur Burg gerufen. Sie folgten gerne dem Rufe, denn die Herzöge hatten ihnen viele Rechte und Freiheiten gegeben. Es wurden Lebensmittel herbeigeschafft, Pfeile und Lanzenspitzen gehärtet und Gefäße zurechtgestellt, um bei einem Sturme heißes Wasser auf die Feinde schütten zu können.

Eben sank die Sonne im grauen Dunstmeer des Westens unter, als mit scharfem Stoße das Wächterhorn vom Turme rief und das Herannahen der Feinde verkündigte. Alles lief auf die Mauern. Man sah, wie aus dem Walde am Fuß des Berges die Scharen hervorbrachen, immer wieder neue, sodass es unten bald von Mannen und Rossen wimmelte. Die ganze Nacht über ertönte das Gerassel der Wagen, das Wiehern der Pferde und das Schreien und Fluchen der Kriegsleute.

Als die Sonne am andern Morgen aufging, dehnte sich das Lager um den ganzen Berg her, sodass niemand von der Burg mehr aus noch ein konnte.

König Lothar, der selbst anwesend war, begann nach wenigen Tagen die Burg zu berennen. Aber die Besatzung war auf ihrer Hut und ließ sich nicht überrumpeln. Der greise Burgvogt war überall, bald oben auf der Mauer, bald unten bei der Brücke und dem Tore, das er mit großen Steinen hatte verrammeln lassen. Er hauchte seinen Mannen Mut ein und sorgte für pünktliche Ablösung, um sie nicht zu übermüden und im entscheidenden Augenblicke frisch und munter zu haben. Wenn der Angriff abgeschlagen war und die Feinde im Lager unten ruhten, dann ließ er die leeren Wasserfässer aus der Burg bringen und im Weiler, wo Brunnen waren, aufs Neue füllen.

Als König Lothar das merkte, schloss er das Bergschloss enger ein. Er stieg herauf und verlegte sein Lager in die Nähe des Weilers, um die Brunnen zu verwahren. Nun wurde die Lage der Eingeschlossenen bedenklich. Bald trat empfindlicher Wassermangel ein, sodass man jedem täglich nur einen Becher voll verabreichen konnte. Um den Durst zu löschen, mussten die Mannen ihre Zuflucht zu den Gruben nehmen, in die das Regenwasser von den Dächern zusammenlief. Immer näher rückten die Feinde der Burg. Jetzt lagerten sie sich schon auf dem freien Platze der Spielburg, wo sonst in Friedenszeiten die Burgleute ihre Pferde zu tummeln pflegten. Die zerklüfteten und überhängenden Kalksteinfelsen boten den Feinden willkommenen Schutz, sodass man ihnen von der Burg aus schwer beikommen konnte.

Swineger verlor aber den Mut nicht. Er tröstete seine Leute mit der Hoffnung auf baldige Hilfe, die Friedrich und Konrad, die beiden Herzöge, bringen sollten. Auch die Herzogin nährte diese Hoffnung. Kaum graute der Tag, so spähte sie schon hinaus ins weite Land, ob die ersehnte Hilfe nicht komme. Stunde um Stunde mussten ihr die Wächter berichten, was sie vom Turme erschaut hatten. Als eines Mittags der Türmer in ihr Gemach trat und meldete, es sei ein großer Heereszug vom Remstale her im Anzug, da pochte ihr Herz in stürmischer Freude. Sie glaubte nicht anders, als dass es ihr Gemahl sei, der Hilfe bringe. Alles war voll frohen Mutes, denn jetzt sollten die Leiden ein Ende nehmen. Um so größer aber war die Bestürzung, als es sich zeigte, dass die Ankömmlinge keine Freunde, sondern Feinde waren. Herzog Heinrich von Bayern führte sein Heer herbei, um die Belagerung vollends rasch zu Ende zu bringen.

Am meisten erschüttert über diese Kunde war Judith. Diese Herzlosigkeit hatte sie ihrem Bruder nicht zugetraut. Gram und Leid krampften ihr das kranke Herz zusammen, sodass sie ohnmächtig zu Boden fiel. Die ganze Nacht über rang sie mit dem Tode. Als das Frührot ins Gemach leuchtete, da löste sich die Seele von dem matten Leibe und schwang sich auf zu den Gefilden der Seligen, wo es keinen Hass und keinen Streit mehr gibt. An ihrer Leiche kniete schluchzend der treue Swinger mit den Kindern, die noch nicht wussten, was ihnen mit der Mutter genommen war. Zur offenen Türe herein drängten die weinenden Mägde und Mannen, denen Judith stets eine gute Herrin gewesen war.

Während droben auf der Staufenburg alles sich dem Schmerze hingab, ordneten Lothar und Heinrich drunten auf der Spielburg ihre Heerhaufen, um die Burg jetzt mit verdoppelten Kräften anzugreifen. Aber ehe sie zum Sturme schreiten konnten, kam aus der Burg ein Herold und begehrte die Herren zu sprechen. Swinger ließ den Tod der Herzogin melden und begehrte, um die hohe Leiche im Lorcher Kloster beisetzen zu können, einen zweitägigen Waffenstillstand. Das Gesuch wurde bewilligt, jedoch mit der Bedingung, dass der Leichenzug seinen Weg durch das königliche Lager nehmen müsse. Man wollte Swinger damit schrecken, denn niemand im Lager glaubte an den Tod der Herzogin. Man hielt es für eine Kriegslist, durch die man Kostbarkeiten aus der Burg bringen wolle.

Am andern Tag gegen Abend tat sich das Tor der Burg auf, und der Leichenzug kam heraus. Dienstmannen trugen den prunklosen Sarg, hinter dem Swinger ging, den kleinen Friedrich an der Hand. Nach ihnen kam das Schwesternpaar, dann die Besatzung der Burg in glänzender Wasenrüstung und zuletzt das in die Burg geflohene Landvolk. Heiße Tränen rollten über die Wangen der Trauernden, die vom Wachen und Hungern bleich und hohl geworden waren. Am Eingang zum Lager harrten König Lothar und Herzog Heinrich des Zuges. Sie glaubten noch jetzt nicht an den Tod der Herzogin. Darum befahlen sie, den Sarg zur Erde zu stellen und zu öffnen. Wie erschraken sie aber, als ihnen das bleiche und vergrämte Antlitz der Toten entgegenstarrte. Herzog Heinrich stieß einen erschütternden

Schrei aus und warf sich in wildem Schmerze über die Leiche der Schwester, die er durch seinen Stolz und seine Härte getötet hatte. Mit seinen Rittern und Knechten schloss er sich dem Trauergefolge an und begleitete die Tote hinab zur stillen Gruft im Kloster Lorch.

Zum Hohenstaufen kehrte Heinrich nicht mehr zurück. Er ließ dem König sagen, dass er der Toten zulieb von der Fehde gegen die Staufer abstehe. Allein aber wollte Lothar die Belagerung nicht fortsetzen, zumal er Kunde erhielt, die Herzöge Friedrich und Konrad seien mit Heeresmacht im Anzug. So schlug er das Lager ab und zog mit seinem Heere von dannen. Als kurz darauf die beiden Staufer anrückten, waren sie höchlichst erstaunt, den Feind nicht mehr vor der Burg anzutreffen. Ihre Freude verwandelte sich aber in Trauer, als sie Judiths Ende vernahmen und erfuhren, wie sie noch im Tode die Retterin der Burg gewesen war.

Nach Schönhuth von A. H.

Margarete von Staufen.

Zu den tragischen Gestalten, an denen das hohenstaufische Kaiserhaus so reich ist, gehört neben Konradin und Irene auch Margarete, die Tochter Kaiser Friedrichs II. Mit dem Landgrafen Albrecht von Thüringen verheiratet, hatte sie von der Rohheit dieses bösen Mannes, dem die Geschichte den Beinamen des »Unartigen« gegeben hat, viel zu leiden. Endlich fasste der Bösewicht gar den Plan, seine Frau heimlich aus dem Wege zu räumen, und befahl einem Knecht, die Landgräfin nachts in ihrem Bette zu ermorden. Der Knecht wurde in der nächsten Nacht in das Schlafgemach der Landgräfin gelassen. Aber er konnte die ruchlose Tat nicht über sich bringen, sondern trat zitternd an ihr Bett, fiel in die Knie und sprach: »Gnade, liebe Frau!« Sie sprach: »Wer bist du?« Er nannte sich und sagte: »Haltet euch still und höret mich mit Geduld an, sonst geht es uns beiden an das Leben.« Und er erzählte ihr, warum er gekommen sei und wer ihn geschickt habe. Da sprach sie: »Geh' und heiß' meinen Hofmeister zu mir kommen.« Das tat er, und als der Hofmeister hereingetreten, bat sie ihn weinend um seinen getreuen Rat. Dieser riet ihr, sich zur Stunde aufzumachen und von ihrem Hause zu scheiden, so wollte er ihr zur Flucht behilflich sein. Also bereitete sie sich mit etlichen vertrauten Dienerinnen und ging in das Haus am Tore, wo ihre zwei Kinder zu Bett lagen, das eine von anderthalb, das andere von drei Jahren. Da setzte sich die Landgräfin bei ihrer Söhnlein Bette und weinte. Aber der Hofmeister und ihre Frauen drangen in sie zu eilen. Da es nun nicht anders sein konnte, gesegnete sie ihre Kinder, ergriff das älteste namens Friedrich und küsste es oftmals. Und aus sehnlichem mütterlichen Herzen biss sie ihm in einen Backen, dass er davon eine Narbe bekam, die er zeitlebens behalten. Daher er auch den Namen »Friedrich mit der gebissenen Wange« bekommen hat. Da wollte sie den andern Sohn auch beißen. Das wehrte ihr der Hofmeister und sprach: »Wollt ihr die Kinder umbringen?« Sie sprach: »Ich will sie zeichnen, dass sie ihr lebelang an diesen großen Jammer und elendiges Scheiden gedenken sollen.« Und sie nahm ihre Kleinode und ging aufs Ritterhaus, wo sie der Hofmeister an Seilen das Fenster hinabließ. So floh sie mit dem Knecht und den Dienerinnen von der Wartburg und kam nach einigem Umherirren endlich nach Frankfurt a. M., wo sie im folgenden Jahre vor Jammer starb. Ihr beweinenswertes Schicksal gab den Anlass zu vielen Sagen. Die folgende knüpft sich an die Beiswanger Kapelle, die nicht fern von Gmünd im grünen Wiesengrunde steht, überragt von den herrlichen »Kaiserbergen«, dem Hohenstaufen, dem Rechberg und dem Stuifen.

Vom Waldsaume her – wie klinget so hell
Das silberne Glöcklein der neuen Kapell!
Und die Gläubigen von nahe und fern
Verehren hier betend die Mutter des Herrn.
Sie bringen auf ihren geweihten Altar
Die Opfer in reichlicher Fülle dar.
Albrecht von Thüringen, ein arger Herr,
misshandelt die Gattin Margrete schwer.
Sie stammte vom Staufen. Das edle Herz
Trägt duldend und hoffend den bittern Schmerz.
In dunkler Nacht, bei Sturmesgebraus
Jagt er sie fort von Kind und Haus.

Sie küsst noch die Kindlein, so heiß, so bang;
Den Friedrich beißt sie im Schmerz in die Wang.

In der alten Heimat ward es bekannt.
Das Kirchlein gestiftet und Beiswang genannt.

Gedicht von G. Luz; Einleitung nach Bäßler von R.

Der Fuchseckschäfer.

Zwischen den Dörfern Schlath und Auendorf springt aus dem Albgebirge ein hoher Bergkopf hervor, die Fuchseck geheißen. An die obere Kuppe dieses Berges lehnt sich der Fuchseckhof an. Auf diesem Hofe lebte in alten Zeiten einmal ein Schäfer, der konnte seine Schafe in Mucken (Fliegen) verwandeln, und oft in schöner Sommerszeit ließ er sie in die Ebene um Schlath und Auendorf hinabfliegen. Dort verwandelte sich dann das Geschmeiß, und aus den Mucken wurden wieder Schafe. Diese fraßen auf den Feldern und Wiesen das Gras ab und flogen, wenn sie satt waren, als Mücken wieder zum Fuchseckhof zurück. Doch den gottvergessenen Schäfer traf die Strafe des Himmels. Seit vielen hundert Jahren muss er alljährlich um Bartholomäi auf Fuchseck und auf den Wiesen von Schlath mit einer Herde von 500 bis 600 Schafen die Weide beziehen. Man sieht ihn da im weißen Zwilchkittel stehen, einen dreieckigen Bauernhut auf dem Kopfe. Ein großer schwarzer Hund sitzt neben ihm. Geht man zu den Schafen hin, so sind es lauter Mücken, vor denen man sich kaum bergen kann. Einst sagte ein Bauer zu einem Buben, als eben der Fuchseckschäfer mit Hund und Herde sich zeigte: »Lauf doch hinauf und hol' mir einmal so ein Schaf da herunter!« Als nun der Bube hinsprang, drangen auf einmal ganze Schwärme von Mücken auf ihn ein, sodass er eilends zurücklief und nie wieder versuchte, ein Schaf von der Weide zu treiben.

Nach Meier.

Geislinger Sagen

Der Geiselstein

Bei Geislingen an der Fils ragt aus grünen Wäldern der Geiselstein empor. Auf ihm soll einst ein Graf gewohnt haben, dem der Tod seiner heiß geliebten Frau so nahe ging, dass er an keinem ritterlichen Vergnügen mehr Gefallen fand. Sein Gewaffen hing unbenutzt an der Wand, und zwei Söhnlein, die ihm seine Gemahlin hinterlassen hatte, waren seine einzige Freude. In steter Sorge um ihr Leben hütete er sie wie eine Henne ihre Küchlein und ließ sie Tag und Nacht nicht aus den Augen.

Einmal jagte der Herzog des Schwabenlandes mit seinem Gefolge im Filsgau. Er lud auch den Grafen zur Jagd ein. Aus Rücksicht gegen den Herzog mochte er die Einladung nicht ablehnen; doch folgte er nur ungern dem Rufe. Vor seinem Auszug schärfte er aber den Knaben ein, die Burg ja nicht zu verlassen und in ihrem Gemache zu spielen, bis er zurückgekommen sei. Als aber der Vater fort war und die Sonne so herrlich durchs Fenster schien, hielten es die Knaben in der engen und dumpfen Burgstube nicht länger aus. Sie gingen vor das Tor, und da es ihnen im Freien so wohl gefiel, den Burgpfad hinab ins Tal. Dort war ein großer Weiher, in dem der Graf Karpfen und Hechte hielt. Ein kleiner Kahn schaukelte lustig darauf hin und her und schien die Knaben zum Einsteigen einzuladen. Die Kleinen setzten sich auch in das Boot und ruderten auf den See hinaus. Das Spiel machte ihnen ein solches Vergnügen, dass sie sich ganz vergaßen und nicht bemerkten, wie sich der Himmel nach und nach mit dunklen Wolken überzog. Plötzlich brach das Wetter los. Grelle Blitze zuckten nieder, und der Donner rollte mächtig durch Berg und Tal. Vom Sturmwind wurden die Wellen des Sees geweckt, dass sie hoch aufschlugen und den Kahn mit den jammernden Kindern wie einen Ball auf- und abwarfen.

Der Vater hatte unterdessen mit dem Herzog gejagt. Aber sein Herz war nicht beim frohen Treiben; es war daheim bei seinen Söhnen. Als das Gewitter am Himmel heraufzog, erfasste ihn große Angst. Ohne Urlaub zu nehmen, verließ er das herzogliche Gefolge und jagte mit verhängten Zügeln dem Geiselstein zu. Das Ungewitter war schon ausgebrochen, als er die Burg erreichte. Rasch eilte er die Wendeltreppe hinauf, um nach den Knaben zu sehen. Aber wie erschrak er, als er die Stube leer fand. Er rief, aber niemand gab ihm Antwort. Er suchte das ganze Schloss nach den Kindern aus, doch nirgends war eine Spur von ihnen zu entdecken. Draußen aber heulte der Sturm und grollte der Donner immer ärger, und schwere Regengüsse und Hagelschauer schlugen klatschend an die Fensterläden. In namenloser Angst lief nun der Graf vor das Tor hinaus auf den Felsen, von wo aus man das Tal überblicken konnte. Und was musste er da sehen? Im Weiher unten hatten die Wellen den Kahn mit Wasser gefüllt, und eben versank er mit den beiden Knaben in die dunkle Tiefe. Ein gellender Schrei drang an des Grafen Ohr: das Einzige, was er noch von seinen Lieblingen zu erhaschen vermochte.

Bei dem grausigen Anblick erstarrte dem Grafen das Blut in den Adern. Er wurde zu Stein, wie rings die Felsen um ihn her. So sitzt er seit Hunderten von Jahren auf dem Geiselstein, immer das Antlitz der Stelle zugekehrt, wo die Wellen sein Liebstes auf Erden verschlungen haben. Steigst du einmal hinauf zum Geiselstein, um dort die Ringwälle der alten germanischen Volksburg zu besichtigen und den herrlichen Blick ins Geislinger Tal zu genießen, so lass dir auch den Grafen zeigen, der aus Kummer über den Tod seiner Söhne zu Stein geworden ist.

Nach einem Gedicht Hohbachs von K. Rommel-R.

Das Brünnlein an der Steige

Es war einmal ein junger Spielmann. Der hatte nichts zu eigen als seine Fidel, dafür aber ein Herz wie Gold und einen frischen, frohen Mut. Wohin er kam, da war Frohsinn und Freude. Am Sonntag, wenn er unter der Dorflinde saß und seine Mären und Schnurren erzählte, kamen die Leute aus dem Lachen nimmer heraus. Und griff er erst zum Bogen und strich die Saiten, dann kannte der Jubel keine Grenzen mehr. Um die Linde drehten sich in wirbelndem Reigen die Paare, dass die Röcke flogen und das helle Jauchzen der Burschen durchs ganze Dorf erklang.

Eines Tages wanderte er, die Geige auf dem Rücken und mit den Lerchen um die Wette singend, die Straße dahin, die von Ulm über die Alb ins Unterland führt. Schon ging's die steile Steige hinab, unter der die Stadt Geislingen an der Fils liegt, da stand unser Geiger auf einmal betroffen still. Am Wegrande lag ein Mann, stöhnend und aus mehreren Wunden blutend. Der Spielmann hatte ein weiches Gemüt und wollte dem Unglücklichen beistehen. Schnell trat er hinzu, hob ihm den Kopf in die Höhe und fragte, was ihm fehle. Aber der Verunglückte konnte nicht mehr sprechen. Nur ein dumpfes Röcheln hob noch einmal seine Brust, dann stand der Atem still, und er war tot. Dem lebensfrohen Geigerlein war das Sterben und der Tod etwas Furchtbares. Helle Tränen des Mitleids rollten ihm über die Wangen, und zum Himmel empor stieg aus seinem Herzen ein Vaterunser für das Seelenheil des Verstorbenen.

Eben schickte er sich an, den Kopf des Toten wieder sanft auf die Erde zu betten, da hörte er hinter sich den Ruf: »Wart, Halunke, ich will dir dein Geschäft versalzen!« Es war ein Mann, der mit geschwungenem Knotenstock eben im Begriff stand, sich auf ihn zu stürzen. Offenbar war er des Glaubens, der Fremde habe den Daliegenden niedergeschlagen und wolle ihn nun eben ausrauben. Im Schreck und in der Bestürzung verlor der Geiger alle Besonnenheit. Er sprang jäh auf und ergriff eiligst die Flucht. Der Mann setzte ihm aber nach, und auf sein Geschrei kamen noch andere Leute herbeigelaufen, die sich nun auch an der Verfolgung des vermeintlichen Mörders beteiligten. »Viel' Hunde sind des Hasen Tod,« sagt das Sprichwort, und so ging's auch dem Spielmann. Er wurde ergriffen und im Triumph in die Stadt und vor das Gericht geführt. Da der Tote ein vornehmer Bürger der Stadt, der Geiger aber nur ein armer fahrender Geselle war, so machte man nicht viel Federlesens mit ihm. Trotz seiner Beteuerungen und Schwüre, an dem Tod des Bürgers unschuldig zu sein, wurde er doch des Mordes für schuldig gesprochen und unter großem Gedränge des Volks zur Stadt hinaus auf den Richtplatz geführt. Als Richtstätte hatte man aber den Ort bestimmt, wo der Mord geschehen war. Der Scharfrichter im roten Wams, das breite Richtschwert in den Händen, erwartete hier schon den Delinquenten. Diesen hatte bis jetzt sein angeborener Frohsinn nicht verlassen; denn er hatte seiner Unschuld vertraut und sicher geglaubt, dass man ihm nichts anhaben könnte. Als er aber sah, dass es Ernst wurde und man ihm wirklich an das Leben wollte, warf er sich jammernd und mit gerungenen Händen vor den Richtern nieder und bat um Schonung und Erbarmen. Trocken aber sagte der Stadtvogt: »Scharfrichter, tut eure Pflicht!« Da rief der Geiger mit schriller, markdurchdringender Stimme: »Weh' euch, die ihr weniger Erbarmen habt als dieser Stein! Ihn rufe ich als Zeugen meiner Unschuld an! Er wird weinen und Wasser geben, da eure Augen trocken und eure Herzen hart bleiben!« Er wollte noch mehr reden, aber das Schwert des Scharfrichters blitzte, und das Haupt des unglücklichen Spielmanns rollte in den Sand.

Doch, was war das! Durch den Berg ging plötzlich ein dumpfes Rollen; die Erde fing an zu beben, sodass ringsum alles vor Schrecken erbleichte. Und siehe da! Im Felsengestein tat sich eine Spalte auf, und heraus sprang eine Quelle silberhell und klar und ergoss ihr Wasser in breitem Strome über den Richtplatz und wusch das unschuldig vergossene Blut von der Erde. Staunend und aufs Tiefste ergriffen schaute die Menge das Wunder. Die Richter aber beugten sich vor Gott und sprachen: »Herr, vergib uns, dass wir so schwer gesündigt haben! Wir wollten Recht üben und haben unwissend großes Unrecht getan!« Sie selbst traten hinzu, nahmen den Leib des Gerichteten von der Blutstätte weg und legten ihn in das Gras und in die Blumen der Wiese. Dann schickten sie in die Stadt und ließen ein ehrenvolles Begräbnis zurichten. Unter dem Geläute der Glocken und begleitet von den Einwohnern der ganzen Stadt, wurde der Geiger zur Kirche gebracht und in geweihter Erde bestattet.

Noch heute springt der wunderbare Quell bei Geislingen an der Steige. Sein Wasser hat schon manchen durstigen Wandersmann erquickt, der müde und matt des Weges kam. In den Zweigen der Bäume, die ihn umschatten, singen die Vögelein ihre Lieder, so munter und fröhlich, wie es einst der Spielmann getan. Und wer ihre Sprache versteht, dem kann es wohl geschehen, dass er einmal vernimmt, wie sie ihren Jungen die Geschichte erzählen vom Brünnlein an der Steige und vom Geigerlein, das hier unschuldig seinen Tod gefunden hat.

Nach Hohbachs Gedicht von K. Rommel-R.

Das steinerne Weib bei Wiesensteig

Auf dem Bergzug über dem Städtchen Wiesensteig im obern Tal des Filsflüsschens schaut aus dunklem Wald das graue Felsgebilde eines steingewordenen Weibes hervor. Hoch über die grünen Wipfel der Bäume ragt der Riesenleib empor. Nach dem Herzen greift die Rechte, gleich als ob das Weib bei der Verwandlung dorten heißen Schmerz empfunden hätte und der Fuß greift aus zum Schritt, als wäre er zur Flucht gewendet. Von diesem Steinbild geht die Sage, dass dereinst an diesem Ort eine finstere, tückische Stiefmutter ihre Kinder in den Wald gelockt und in den gähnenden Abgrund gestoßen habe; denn ihr Geiz missgönnte den Kindern das tägliche Brot. Bei jedem winzigen Stücklein fluchte sie: »Rangen! wäret ihr doch tot, ihr esset mich noch arm, ihr Vielfraße!« Sie hielt die Kinder knapp, also dass sie schier Hungers starben. Doch der Tod säumte der unnatürlichen Mutter zu lange. Da beschloss sie, selber Hand an die Kleinen zu legen, und dort droben im Walde, fernab den Menschen, zerschmetterte sie die Kinder an rauer Felsenwand, drückte ihnen ein Blumensträußlein in die kleinen, blutigen Hände und warf sie hinab in die klüftigen Felsen. Darauf wollte sie eilends vom Schauplatz ihrer grausigen Tat fliehen. Aber wie sie sich auch recket und dehnt, sie kommt nicht von der Stelle. Eisige Kälte durchschauert ihren Leib; sie greift ans Herz – wie kalt, wie kalt! Sie will rufen, die Zunge ist verdorrt, und es ist, als würfen aus den Felsen tausend unsichtbare Hände unablässig Kalk und Sand auf die erstarrten Glieder. Da entflieht ihre Seele und fährt zur Hölle, und seit der Zeit blickt das Weib mit starren Augen nach dem lichten Himmel, dessen Gnade sie verloren, und die Sonne sendet ihre wärmenden Strahlen hernieder auf den Felsenleib; aber kein Strahl des Lebens dringt in den kalten, toten Stein.

C. Schnerring.

Gründung der Stadt Kirchheim und der Burg Hohenrechberg

Es mag zu Ende des 8. Jahrhunderts unserer Zeitrechnung gewesen sein. Das Schwabenland war noch zum größten Teil heidnisch, und selten konnte man ein Kirchlein mit dem Kreuzeszeichen sehen. Da predigten einige Mönche das Evangelium in der Gegend des Teckberges. Sie waren aus dem Frankenlande gekommen; denn die Franken waren Christen geworden und eifrig bestrebt, das Christentum auch bei ihren Nachbarn, ganz besonders bei den heidnischen Alemannen, auszubreiten. Die Alemannen hatten aber kein großes Verlangen nach »der frohen Botschaft«; denn sie misstrauten den Franken, die immer mächtiger wurden und ihre Herrschaft schon bis zur Murr ausgedehnt hatten. So geschah es denn, dass die Teckleute die Mönche für nichts anderes als für fränkische Spione hielten, die das Land für neue Eroberungszüge auskundschaften sollten. Sie mieden sie deshalb und wollten von ihrer Predigt nichts wissen. Ihr Misstrauen verwandelte sich jedoch in Hass und Abscheu, als die Mönche es wagten, die Göttin Frena zu schmähen und sie eine Unholdin und teuflische Zauberin zu heißen. Nur der Umstand, dass die Mönche vom Alemannenherzog Rumelius einen Schutz- und Empfehlungsbrief hatten, rettete sie vor Misshandlung. Denn die Göttin Frena stand bei den Teckleuten in hohem Ansehen und hatte droben auf dem Teckberge ein berühmtes Heiligtum.

Es war das eine kleine Höhle in dem Felsen des Berges. Eine Waldfrau (Drude) diente dort der Göttin als Priesterin, indem sie die Weihegaben in Empfang nahm und im Namen der Göttin weissagte. Denn die Göttin war als die Mutter der Götter aller Dinge wissend und hatte tief drinnen im Berge ihr wunderbares Schloss, zu dem die Höhle den Eingang bildete. Die Leute glaubten auch, dass die Göttin die Quelle der Fruchtbarkeit und des Lebens sei, und freuten sich, wenn sie in den zwölf Nächten nach der Wintersonnenwende auf einem mit Katzen bespannten Wagen die Gegend durchfuhr, um die Felder für das neue Jahr fruchtbar zu machen.

Am meisten ergrimmt über die Mönche war der Fürst des Tecklandes. Die Sitten der Väter waren ihm heilig, und die Götter hielt er um so mehr in Ehren, da er seinen Stammbaum auf sie zurückführte. Als nun trotz alledem sich einige Teckleute zu den

Mönchen hielten, den Opferfesten der Gaugenossen fernblieben und das Fleisch der Rosse verschmähten, da hielt es der Fürst an der Zeit, dem Treiben der Mönche ein Ende zu machen. Er verbot ihnen, fernerhin noch zu predigen und den neuen Glauben zu lehren. Aber die Mönche kehrten sich nicht an seine Worte. Sie sagten, ihr heiliges Buch gebiete ihnen, Gott mehr zu gehorchen als den Menschen. Auch beriefen sie sich auf den Herzog Rumelius, der selbst ein Christ geworden sei und ihnen die Erlaubnis zu ihrem Tun gegeben habe. Der Teckfürst geriet darob in großen Zorn. Er ließ die Mönche züchtigen und aus dem Lande jagen. Über die den Mönchen angetane Schmach war der Frankenkönig sehr erzürnt. Er schickte Boten zu dem Herzog Rumelius von Alemannien und verlangte, dass er den Frevel bestrafe. Dem Herzog war an der Gunst des mächtigen Frankenkönigs viel gelegen, war er doch, um ihm zu gefallen, ein Christ geworden. Er rüstete ein stattliches Heer und zog herbei, um den Fürsten zu bestrafen, die Mönche wieder einzusetzen und den Teckgau mit Gewalt zum Christentum zu bekehren.

Es war an einem Frühlingsabend. Die Sonne war eben am westlichen Horizonte hinabgesunken, und die Schatten der Nacht legten sich dichter und dichter über das Tal der Lauter, das den hochragenden Teckberg von den benachbarten Bergen scheidet. Da jagte ein Reiter in sausendem Galopp dem Gehöfte zu, in dem der Fürst des Teckgaues seinen Wohnsitz hatte. Auf einer kleinen Anhöhe am Fuße des Teckberges lag der Edelhof. Seine mit Stroh gedeckten Holzhäuser bildeten einen Ring und wurden umschlossen von einem dichten Hag aus Pfählen und Dorngesträuch. Der Torwart musste den Ankömmling erwartet haben; denn das Tor des Hofes stand offen, sodass der Reiter seinen Weg ungehindert fortsetzen konnte bis zum Herrenhause, das am entgegengesetzten Ende der Siedelung lag. Hier sprang er vom Pferd und stieg die Stufen empor, die zur Wohnung des Fürsten führten. Es war eine geräumige Halle, in die er eintrat. Kräftige Eichenpfosten trugen das Dach, dessen Sparren und Strohgedeck sichtbar waren. An den Wänden hingen mancherlei Waffen, Trinkgefäße aus den mächtigen Hörnern des Ur verfertigt, Geweihe vom Elch und Hirsch. In der Mitte des Saales stand auf dem gestampften Lehmboden eine lange Reihe von Tischen, umstellt von einfachen Bänken aus Holz. Mägde waren beschäftigt, das Abendessen aufzutragen: denn der Fürst pflegte nach altem Brauche gemeinsam mit seinem Gesinde zu speisen. Auf einem erhöhten Sitz am oberen Ende der Tafel saß er, ein schon ziemlich bejahrter Mann mit langem weißen Bart und Haar, kraftvollen Zügen und flammenden Augen. Als der Reitersmann eintrat, hob er rasch den Blick, und ohne auf einen Gruß oder eine Anrede zu warten, rief er: »Was bringst du uns für Kunde, Hatto?« »Ach,« erwiderte dieser, indem er sich verneigte, »ich wollte, sie wäre besser, als ich sie Euch bringen kann. Rumelius will von einem Vergleiche nichts wissen. Schon in den nächsten Tagen gedenkt er die Donau zu überschreiten, und ehe noch der Mond sich füllt, wird er im Gau einbrechen.« »Gut,« versetzte der Fürst, »so bleibt uns nichts anderes übrig, als für die Götter zu kämpfen oder mit ihnen unterzugehen. Sorge dafür, dass noch heute Nacht die Lärmfeuer angezündet und der Heerbann auf morgen früh zusammengeboten wird!«

Nicht lange stand es an, so flammte auf der Teck ein Feuer auf. Bald erwachten auch auf den andern Bergen des Gaus die roten Flammen, weithin kündend, dass das Land in Gefahr sei. In dem Dunkel der Nacht schritten aber die Fronboten des Fürsten von Hütte zu Hütte, von Hof zu Hof. Mit ihren Stäben schlugen sie an Türen und Tore, sodass die Inwohner erschreckt aus dem Schlafe auffuhren. »Was gibt's?« fragten sie. »Feinde im Land!« erwiderten die Boten. »Auf zum Heerbann in der Morgenfrühe! Sammlung im Frenahain an der Lindach!«

Kaum graute der Morgen, so sah man von allen Seiten her bewaffnete Männer auf den Frenahain zuschreiten, der an der Einmündung der Lindach in die Lauter lag. Er bestand zum größten Teil aus Lindenbäumen; denn die Linde war der heilige Baum der Göttin Frena, die in anderen Gauen auch Herta, Frick oder Freia genannt wurde. Geheimnisvolles Dunkel empfing die Eintretenden, denn die dicht belaubten Wipfel ließen kaum einen Lichtstrahl hindurchdringen. Nach kurzer Wanderung lichtete sich das Waldesdunkel und eine kleine Wiese wurde sichtbar, rings von Wald umschlossen und mit einem Holzzaun eingefriedigt. Auf dieser Wiese wurden die Gerichte und Volksversammlungen des Gaues abgehalten, die mit einem Opfer begonnen und mit einem Trinkgelage beschlossen wurden. Ein großer Teil des Heerbanns war schon auf der Wiese versammelt und noch immer kamen neue Scharen an. Man fragte, man erzählte. Alles war in Aufregung und Spannung. Jetzt kam der Fürst angesprengt, hoch zu Ross, begleitet von einem zahlreichen Gefolge. Er stieg ab und schritt zur Mitte der Wiese, wo unter einem uralten Lindenbaum ein Altar stand, kunstlos aus rohen Felsblöcken zusammengefügt. Die Mannen drängten hinzu, und das Opfer begann. Aus zwei Hölzern wurde von der Priesterin, die im Lindenhain ihre Wohnung hatte, das heilige Feuer gerieben. Bald flammte es auf. Der Fürst brachte die Gaben dar, und Tausende von Händen erhoben sich gen Himmel, Sieg erflehend von den Göttern. Nun schnitt die Drude mit dem geweihten Messer aus Stein Zweige von der heiligen Linde. Ein weißes Tuch wurde ausgebreitet, und der Fürst warf die Zweige hinein. Totenstille herrschte ringsum; denn jetzt sollte kund werden, was die Götter über den Ausgang des Krieges beschlossen hatten. Die Drude las die Zweige zusammen und gab nach ihrer Lage die Deutung, die der Fürst mit lauter Stimme wiederholte. »Sieg! Sieg!« jauchzte die Menge. Die Schwerter und Schilde wurden zusammengeschlagen, und der alte Schlachtgesang erbrauste. Dann traten die Mannen an das Wasser der Quelle, das unter den Wurzeln der heiligen Linde hervorsprudelte und dann in raschem Laufe durch die Wiese eilte. Sie tauchten die Waffen in das Wasser, um sie zauberkräftig und siegreich zu machen. Auch ließen sie sich von der Waldfrau zum bevorstehenden Kampfe weihen. Mit einem Büschel Zweige, vom heiligen Baum geschnitten und in die heilige Quelle getaucht, besprengte sie die Männer, indem sie Zaubersprüche murmelte und allerlei Zeichen über sie machte. Endlich lagerte sich alles ins Gras der Wiese. Kessel mit Bier wurden herbeigeschleppt, und ein fröhliches Trinkgelage begann. Spottlieder auf die Franken, auf Rumelius und den Christengott erschallten. Das Wohl der hilfreichen Götter aber wurde unzählige Male getrunken.

Wenige Tage, nachdem der Heerbann des Teckgaus ausgezogen war, kam es zwischen den beiden Heeren zur Schlacht. Sie soll unweit der Teck bei dem Orte Hausen stattgefunden haben. Mit wildem Grimm wurde gefochten; mehr als 13000 Erschlagene sollen das Schlachtfeld bedeckt haben. Im Gewühl des Kampfes wurde der Teckfürst von einem Pfeilschuss getroffen. Sterbend sank er vom Pferde. Über ihn weg tobte das Getümmel der Schlacht. Aber des Führers beraubt, konnten die Teckleute bald an keinen Widerstand mehr denken. Sie warfen die Waffen weg und flohen in wilder Flucht den Bergen zu. Viele wurden erschlagen, noch mehr aber gefangen genommen. Sie mussten den Göttern entsagen und das Christentum annehmen. Die Heiligtümer auf dem Teckberg wurden zerbrochen, die Drude wurde erwürgt und die Göttin selbst in eine christliche Heilige umgewandelt.[1] Auch den Lindenhain an der Lindach traf die Wut der Sieger. Er wurde verwüstet und der heilige Lindenbaum gefällt. Aus seinem Holz ließ Rumelius eine christliche Kapelle zimmern. An ihre Stelle kam später eine Kirche aus Stein. Von ihr erhielt die Ansiedelung, die sich mit der Zeit um die Kirche her erhob, den Namen Kirchheim. Doch sollen über der Lindach drüben die Bewohner noch längere Zeit heimlich Heiden gewesen sein, weshalb ein Kirchheimer Stadtteil jetzt noch den Namen »die Heidenschaft« trägt.

Unter den in der Schlacht Gefangenen befanden sich auch 4 Brüder aus edlem Geschlechte. Sie trugen als Abzeichen auf ihrem Schilde einen roten Löwen. Rumelius hatte großes Wohlgefallen an den tapferen Jünglingen, und da sie auf sein Zureden hin zum christlichen Glauben übertraten, schenkte er ihnen das Land zwischen Fils und Rems und gab ihnen die nötigen Leute zur Ansiedelung. Auf dem schön geformten Berge, der den Namen Rechberg (Rehberg) trägt, erbauten sich die Brüder eine Burg und wurden so die Stammväter des jetzt noch blühenden Rechberger Grafenhauses, dessen Wappen noch immer der rote Löwe ist. Das kleine Tal aber, in welchem sich die ihnen beigegebenen Leute niederließen, trägt noch heute den Namen »Christental«.

Nach verschiedenen Quellen von K. Rommel-R

---

[1] S. die Sage von der Sibylle auf dem Teckberge.

Die Sibylle auf der Teck

Zu den bekanntesten Bergen der schwäbischen Alb gehört die Teck bei Kirchheim. Sie springt als scharfe Bergecke gegen das Neckarland vor, weithin sichtbar und die Gegend beherrschend. Auf ihrem felsgestirnten Haupte stand vor uralten Zeiten ein Heiligtum unserer germanischen Vorfahren. Nächtliche Opferfeuer flammten empor, und heilige Priesterinnen flehten die Götter an um Schutz und Segen. Später erhob sich auf dem Berg die stolze Burg der Herzoge von der Teck, deren Gedächtnis noch im Wappen und Titel des württembergischen Königshauses erhalten ist.

Unter dem Felsen, worauf einst die Teckburg stand, befindet sich eine merkwürdige Höhle. Man nennt sie das Sibyllenloch. Von ihrem Eingang aus hat man eine schöne Aussicht auf den weiten Westen und die untergehende Sonne. Ihr Inneres ist aus bräunlichem Gestein schön und hoch gewölbt. Mehrstimmiger Gesang hallt herrlich in ihr, und dem Knall einer Pistole antwortet ein mächtiger Widerhall aus der Tiefe des Berges. Nach kurzer Zeit verengt sich die Höhle, sodass wer weiter will, auf dem Bauche kriechen muss. Nach der Volkssage soll sich einst die Höhle zwei Stunden weit, bis Gutenberg, hingezogen haben; denn eine Ente, die man einmal hineingesetzt, sei bei Gutenberg in der Lauter wieder zum Vorschein gekommen. Angestellte Grabungen haben dies nicht bestätigt; aber die Knochen mächtiger ausgestorbener Raubtiere, des Höhlenbären und Höhlenlöwen, haben sie zutage gefördert.

In dieser Höhle soll ein großer Schatz verborgen sein, über dessen Herkunft uns nachfolgende Sage Aufschluss gibt.

Vor uralter Zeit wohnte tief drinnen im Teckberge eine wunderbare Frau, die von den Leuten die Sibylle genannt wurde. Die Höhle war der Eingang zu ihrer unterirdischen Wohnung, die wohl schöner und herrlicher gewesen sein mag als das Schloss eines Königs. Denn die Sibylle war unermesslich reich an Silber, Gold und Edelgestein. Na sie auch fromm und gut war, hatten ihr die Götter die Zaubermacht und die Gabe der Weissagung verliehen. Oft fuhr sie auf ihrem goldenen Wagen, der von zwei großen Katzen (andere sagen: Pferde) gezogen wurde, ins Land hinaus, besuchte die Leute und tat ihnen Gutes, wo sie nur konnte. Von ihren Prophezeiungen ist noch manches im Gedächtnis des Volkes erhalten geblieben. So von einem schrecklichen Kriege, der einst am Rhein, in der Gegend von Köln, ausbrechen werde. »Da werden die Männer im Lande so selten werden, dass sieben Weiber um einen Krüppel, den sie alle zum Ehemann haben möchten, sich schlagen werden. Zuerst werden die Deutschen unterliegen, denn auch der Türke wird wider uns streiten. Endlich aber werden sie den Sieg davontragen, denn

Zu Köln am Rhein
Soll des Türken sein Untergang sein.«

Während dieses ganzen großen Krieges, der furchtbarer sein wird, als je ein Krieg gewesen ist, wird es »drei Stunden um Teck herum« sicher sein.

Die Sibylle hatte drei Söhne. Diesen gefiel es, als sie groß geworden waren, nicht mehr im unterirdischen Schloss der Mutter. Sie bauten sich eine feste Burg auf den nahen Wielandstein, dessen Felsen steil über das Lenninger Tal sich erhebt. Aber bald gerieten sie miteinander in Zank und Streit, denn der jüngste Bruder, ein tückischer und händelsüchtiger Mensch, tat der Mutter viel Leid an und hetzte auch die beiden anderen Brüder fortwährend gegeneinander auf. Mit der Zeit wurde die Feindschaft so groß, dass die drei Brüder nicht einmal das Wasser mehr aus derselben Quelle trinken mochten, sondern es aus drei verschiedenen Brunnen schöpften. Der eine ließ es aus dem Wasserfall bei der Torfgrube holen, der andere aus dem Brunnen im Rinnenbuckel und der dritte aus der Lauter. Der Magd, die das Wasser holen musste, gab der böse Bruder jedes Mal einen Wolf als Begleiter mit. Zuletzt bauten sich zwei Brüder eigene Schlösser, der eine auf dem Teckberge, der andere aber, der schlimmste, auf dem Diepoldstein. Hier führte er ein arges Räuberleben und nahm seiner Mutter und seinen Brüdern weg, was er nur konnte. Man hieß ihn deshalb »den Rauber«, und diesen Namen hat sein Schloss behalten bis auf den heutigen Tag. Auch sagt man heute noch im Lenninger Tal von Brüdern, die immer in Händel und Feindschaft miteinander leben: »Das sind Kerle wie die drei Brüder auf'm Schlössle.«

Der Zwist der ungeratenen Söhne machte der Mutter großen Kummer. Es gefiel ihr nicht mehr im Lande, und sie beschloss auszuwandern. Eines Tages bestieg sie ihren wunderbaren Wagen, fuhr auf ihm den steilen Teckberg hinab, dann über den Kahlenberg und den Götzenbrühl den Dettinger Teich hinunter, durch die Lauter hindurch und die Weinberge empor zum Reigelwald. Dort erhob sie sich mit ihrem Wagen in die Luft, fuhr über die Wälder hinweg und ließ sich endlich auf einem Wiesenplatz zwischen Linsenhofen und Beuren nieder. Hier verliert sich ihre Spur, und niemand hat sie seitdem mehr gesehen. Der Wiesenplatz aber heißt immer noch die »Sibyllenkappel«. Er galt bis in das vorige Jahrhundert hinein als heilige Stätte, und die Wiesen waren steuerfrei. Der Weg von der Höhle bis zum Reigelwald hat noch den Namen »Sibyllenfahrt« und ist wunderbarerweise deutlich zu erkennen. Alle die Stellen nämlich, über welche der Wagen und die Füße der Zugtiere hinweggegangen sind, haben den Sommer hindurch ein satteres Grün und behalten es auch im Spätjahre 14 Tage länger als die anderen. Auch die Frucht, die hier wächst, hat ein brauneres Gelb und schmeckt ganz vortrefflich.

Ihre Schätze hat die Sibylle in der Höhle zurückgelassen. Sie liegen in einem Koffer oder einer Truhe verwahrt und werden von einem schwarzen Pudel bewacht. Wer sie hebt, wird unermesslich reich. Viele Leute haben es schon versucht, doch ohne Erfolg. In den Kriegszeiten des 16. Jahrhunderts wagten sich ihretwegen sogar spanische Soldaten in die Höhle hinein. Sie brachten aber nichts mit heraus als blutig zerschundene Hände und zerrissene Kleider.

Nach Schönhuth und Meier von K. Rommel-R.

Der Reutlinger Sturmbock 1247.

Wie der Volksmund den Ulmern den Beinamen »Spatzen« gegeben hat, so den Reutlingern den Beinamen »Hischhönle«. Der Grund hierfür liegt neben anderem wohl hauptsächlich darin, dass die Reutlinger, wie überhaupt die Leute der dortigen Gegend, bei manchen Wörtern den »R« nicht sprechen und also statt Hirschhörnle »Hischhönle«, statt Laternle »Latenle« sagen. Das

»Hischhönle mit 'm Latenle« gilt zurzeit als das Wahrzeichen der Reutlinger, und es zeugt von ihrem guten Humor, dass sie selber dieses Zeichen als Anhänger im Knopfloch oder an der Uhrkette tragen.

Aber wenn die Reutlinger auch Humor haben und viel Spaß ertragen können, so lassen sie doch nicht mit sich spaßen. Mancher Tübinger Student hat dies zu seinem Leidwesen schon am eigenen Leibe erfahren, und in früherer Zeit konnten die Ritter auf der Achalm ein böses Liedlein davon singen. Es war im Jahre 1377, da erlitten sie, geführt von dem Grafen Ulrich von Württemberg, auf den Wiesen vor der Stadt eine so empfindliche Niederlage durch die Reutlinger »Gerber und Färber«, dass über sechzig Ritter erschlagen auf dem Schlachtfeld lagen. Ihre Namen wurden »in Farben bunt und klar« auf den Fenstern des Reutlinger Rathauses abgebildet (vgl. das Gedicht Uhlands: Die Schlacht bei Reutlingen). Leider ist dieses Wahrzeichen alten Reutlinger Heldenmutes schon längst zugrunde gegangen. Denn als im September 1726 fast die ganze Stadt durch einen schrecklichen Brand vernichtet wurde, da verbrannten mit dem alten Rathaus auch die gemalten Fenster.

Damals sank auch ein anderes Wahrzeichen der Reutlinger Tapferkeit in Asche: der berühmte Reutlinger Sturmbock, der als Schaustück außen am Rathaus aufgehängt war. Dieser Sturmbock war kein Bock mit vier Füßen, spitzen Hörnern und kurzem Schwanze, sondern ein langer und mit Eisen beschlagener Balken, wie man sie in alter Zeit bei der Belagerung einer Stadt oder Burg brauchte, um die Mauern damit einzustoßen. Je größer so ein Bock war, desto mächtiger war auch der Anprall und die Wirkung. Der Reutlinger Sturmbock war so lang wie das Rathaus. Ja, er soll ursprünglich noch länger gewesen sein und genau der Schifflänge der Marienkirche entsprochen haben. Denn der Sturmbock hatte zuerst seinen Platz in der Marienkirche, diesem Kleinod Reutlingens, von dem man sagt, kein Geringerer als Erwin von Steinbach, der berühmte Erbauer des Straßburger Münsters, habe den Plan dazu gemacht. Über den Grund seiner Entfernung aus der Kirche wird berichtet, dass Kaiser Maximilian I einst gespottet habe, die Reutlinger hätten ihre Kirche zu einem Bockstall gemacht. Dieser Spott tat den Reutlingern so weh, dass sie allsofort den Sturmbock aus der Kirche nahmen. Doch mussten sie, um dies fertigzubringen, ein Loch in die Mauer schlagen und durch dieses den Bock schieben. Noch jetzt zeigt ein Stein an der Kirche die Stelle an, wo dies geschah. Und doch war der Sturmbock in der Marienkirche an seinem rechten Platz gewesen. Denn der Sage nach stand er mit ihrer Erbauung im innigsten Zusammenhang. Soll er doch den Maßstab zu ihr gegeben haben, ja sogar der Anlass zu ihrem Bau gewesen sein, wie folgendes Gedicht erzählt.

Der Landgraf von Thüringen, Raspe genannt,
Will Herrscher sein über das deutsche Land.
Verführt von dem Papst und der Klerisei
Bricht seinem Kaiser er schnöde die Treu'
Und trägt nun den Aufruhr mit frevelnder Hand
Nach Süden durchs friedliche Schwabenland.
Viel' schwäbische Ritter, Grafen und Herrn
Verlassen der Staufer sinkenden Stern.
Doch Reutlingens Bürger voll Treue und Mut,
Sie wagen für Kaiser Friedrich ihr Blut,
Der hatte einst ihre Rechte gemehrt,
Die offene Stätte mit Mauern bewehrt.
Herr Raspe vernimmt es in bitterem Grimm,
Den Reutlingern schwört er mit drohender Stimm':
»Ich beuge euch euren störrischen Sinn,
So wahr ich der Landgraf von Thüringen bin!«
Bald zieht er mit Rossen und Mannen herbei,
Schon tobet um Reutlingen Kampf und Geschrei,
Ein mächtiger Sturmbock schafft bittere Pein,
Erschüttert die Mauern und bricht das Gestein.
Und bald in der Stadt sich erhebet die Not,
Es mangelt das Wasser, es fehlet das Brot.
Auch viele der Bürger, so tapfer, so gut,
Sie liegen erschlagen in ihrem Blut.
Schon wanken die Türme, schon weichet das Tor,
Schon höhnen die Feinde zur Mauer empor:
»Nur wenige Stunden noch, Reutlingen fein,
Dann wirst du im Sturme genommen sein!«

Da treten, eh' wieder das Ringen beginnt,
Die Reutlinger Bürger mit Weib und mit Kind
Auf offenem Markte zusammen und knien
In heißem Gebet vor die Himmlischen hin.
Sie flehen: »Maria, du Königin rein.
Erbarme dich unser in Not und in Pein,
Wir wollen dir bauen mit williger Hand
Die schönste der Kirchen im Schwabenland!«
Die Nacht senkt sich nieder auf Stadt und auf Heer,
Es lösen im Traum sich die Sorgen so schwer.
Bald dämmert am Himmel der Morgen empor,
Da tönet den Feinden der Schrecken ins Ohr:
Es hebt sich ums Lager her Schwertergeklirr
Und stampfender Hufschlag und Stimmengewirr:
Der staufische Heerbann hat still in der Nacht
Den bangenden Reutlingern Hilfe gebracht.
Und eh' sich kann ordnen der feindliche Tross,
Da würgen im Lager schon Schwert und Geschoss:
Heinz Raspe, der Landgraf, mit wenig' Mann
Durch eilige Flucht nur sich retten kann.
Nicht lange, da bringet ein Bote die Kund':
Der Landgraf empfing eine tödliche Wund',
Ins Auge traf ihn ein scharfes Geschoss;
Man führet ihn heimwärts zum fernen Schloss.

Die Reutlinger hören mit Freuden die Mär,
Des endlichen Friedens sich're Gewähr,
Und eilen frohlockend in jubelndem Chor
Durch Gassen und Gässchen, hinaus vor das Tor.
Dort steht noch, der ihnen die Ruhe geraubt,
Der mächtige Sturmbock mit eisernem Haupt,
Nun zieh'n sie den argen, den Bringer der Pein,
Im lauten Triumphe zum Tore hinein.
Und was sie versprochen in Jammer und Graus,
Zum Danke zu bauen ein Gotteshaus,
Sie halten's und bringen viel Gaben herbei,
Dass herrlich und schön ihre Kirche sei.
Dann senden sie Boten ins Elsässer Land,
Dort wohnet ein Meister, gar wohl bekannt,

Herr Erwin von Steinbach, er machet den Plan,
Die Länge vom Schiff gibt der Sturmbock an.
Bald wachsen die Bogen, schon wölbt sich der Bau,
Es ragen die Türme ins himmlische Blau.
Maria, der Guten, die Hilfe gewährt[1].
Hat Reutlingen dankbar die Kirche verehrt.

    K. Rommel, Reutlingen.

Das Wahrzeichen zu Tübingen.

An einem Augustmorgen des Jahres 1420 war die Stadt Tübingen in großer Aufregung. Im Wankheimer Wald hatten Schnitter, die morgens aufs Feld gegangen waren, einen toten Handwerksburschen aufgefunden, der offenbar erschlagen und dann ausgeraubt worden war. Als man den Ermordeten unter dem Zulauf vieler Leute in die Stadt gebracht und auf dem Pfleghof zur Schau ausgestellt hatte, fand es sich, dass er des Metzgers Aigler Sohn zu Tübingen war, der von langer Wanderschaft in das elterliche Haus hatte zurückkehren wollen. Ein großes rotes Muttermal, das er auf der linken Wange trug, hatte seine Erkennung herbeigeführt.

Unter den zugelaufenen Leuten befand sich auch ein Wirt aus Pfullingen. Er zeigte alsbald dem Gericht an, dass der Ermordete vorigen Tages in seiner Wirtschaft zu Pfullingen gewesen sei und dort mit einem andern, aus Reutlingen gebürtigen Handwerksgesellen gezecht habe. Um die Mittagszeit seien beide friedlich miteinander weitergegangen, Reutlingen zu.

Sofort schickte man einen Boten nach Reutlingen, der mithilfe des dortigen Gerichts den genannten Handwerksgesellen ausfindig machen sollte. Er war auch bald gefunden; denn es hatte um die infrage stehende Zeit nur *ein* Handwerksbursche das Tor passiert, nämlich des Gerbers Hans Laiblin Sohn, der nach zehnjähriger Wanderschaft wieder heimgekommen war. Man fand auch in seiner Stube das Felleisen des ermordeten Aigler und unversehrt darin die Kleider, das Wanderbuch und 34 Gulden bares Geld.

Wer junge Laiblin erschrak nicht wenig, als er den Tod seines Wandergesellen erfuhr. Er ging sofort auf das Rathaus und erzählte dort Folgendes: »Auf meiner Heimreise traf ich in Basel durch Zufall mit Aigler zusammen. Da wir denselben Weg hatten, so taten wir uns zusammen und wanderten miteinander durch das Oberland und über die Alb bis nach Pfullingen. Hier wollten wir scheiden. Zuvor aber kehrten wir noch einmal ein und tranken beim Abschiedswein Bruderschaft miteinander. Aigler fiel der Abschied sehr schwer. Er bat mich, ihn noch ein Stück Wegs zu begleiten, und da ich nichts zu versäumen hatte, tat ich ihm den Gefallen; denn auch mir war Aigler lieb und wert geworden. Da er den Wein etwas im Kopf spürte, so nahm ich sein Felleisen auf den Rücken. Wir ließen den Jörgenberg rechter Hand liegen und gingen über den Wald Ohmenhausen und Tübingen zu. Da es sehr heiß war, kehrten wir unterwegs noch einmal ein, sodass es mit der Zeit Abend wurde. Bei Jettenburg begegnete uns ein Fuhrwerk, das nach Reutlingen fuhr und mich aufsitzen ließ. Schnell nahm ich von Aigler Abschied und schwang mich auf den Wagen. Erst unterwegs bemerkte ich zu meinem Verdruss, dass ich Aiglers Felleisen noch auf dem Rücken hatte. Ich nahm es mit in mein Haus, um es ihm gelegentlich wieder zuzustellen. Es ist von mir nicht geöffnet worden, und ich habe auch vor niemanden verschwiegen, wem es gehört und wie ich dazu gekommen bin.«

Das Gericht ließ den von Laiblin genannten Fuhrmann holen, und da fand es sich, dass Laiblin die Wahrheit gesagt hatte. Als vermöglicher Leute Kind hatte er auch gar nicht nötig, sich Geld durch einen Raubmord zu verschaffen. Sein Ruf war von Jugend auf tadellos, nicht weniger waren es die Zeugnisse, die er aus der Fremde mitgebracht hatte. Da zudem der Ermordete weit weg von dem Ort, wo Laiblin sich von ihm getrennt hatte, aufgefunden worden war, so lag gar kein Grund vor, Laiblin für den Mörder zu halten. Das Reutlinger Gericht sprach ihn deshalb vom Verdachte frei und teilte dies auch dem Gericht in Tübingen mit.

Mit diesem Ausgang der Sache waren aber die Tübinger nicht einverstanden. Es wurde von ihnen allgemein Laiblin für den Mörder gehalten, um so mehr als ein anderer Täter nicht ermittelt werden konnte. Man glaubte, die Reutlinger wollten den Schuldigen der gerechten Strafe entziehen, da er einer angesehenen Bürgersfamilie angehörte und mit Rats- und Gerichtsherren nahe verwandt war. Auch beim Tübinger Gericht war man dieser Ansicht, und es verlangte die Auslieferung des Mörders nach Tübingen.

Reutlingen war damals eine freie Reichsstadt. Sein Gericht war kaiserlich und völlig unabhängig von dem württembergischen Gericht in Tübingen. Das Ansinnen der Tübinger Richter entrüstete daher die Reutlinger sehr. Denn sie hielten viel auf ihre Freiheiten und betrachteten das Verlangen der Tübinger als einen Eingriff in ihre Gerechtsame. Mit Nachdruck wurde daher Laiblins Freispruch aufrecht erhalten. Von Laiblins Unschuld war man in Reutlingen so fest überzeugt, dass eines der schönsten Mädchen der Stadt, die Tochter eines angesehenen Ratsherrn, nicht das geringste Bedenken trug, Laiblins Frau zu werden.

Dieses Glück sollte aber Laiblins Verderben werden. Ein junger Färber, der schon lange um das Mädchen geworben hatte, sah sich nun verschmäht und sann auf Rache. Er erbot sich heimlich, Laiblin den Tübingern in die Hände zu liefern. Die Tübinger waren dessen froh und sandten 3 Männer mit einem Wagen nach Reutlingen, auf dem eine große Kiste unter Strohbündeln verborgen war. Das Stroh wurde zum Schein in der Stadt feilgeboten, dafür aber soviel verlangt, dass es keinen Käufer fand. Man ließ es über Nacht stehen und zwar gerade vor dem Haus, in welchem der Gerber Laiblin wohnte. Als alles schlief, schlichen sich die Männer in Laiblins Stube, steckten dem Schlafenden ein Tuch in den Mund, dass er nicht schreien konnte, trugen ihn gebunden die Stiege hinab und warfen ihn in die unter dem Stroh verborgene Kiste. Damit er sich nicht rühren und keinen Lärm machen konnte, legte sich einer der Männer auf ihn. Mit Tagesanbruch fuhren sie mit ihm zum Metzinger Tor hinaus, umfuhren draußen die Stadt und eilten dann schleunigst Tübingen zu, wo sie ihren Fang in der Burg abgaben.

Diese Entführung des Laiblin war so still und unauffällig vor sich gegangen, dass niemand im Hause und niemand in der Nachbarschaft etwas davon bemerkt hatte. Erst im Laufe des andern Tages fiel seine Abwesenheit auf, doch ohne dass man etwas Schlimmes ahnte. Als er jedoch auch in den nächsten Tagen nicht zum Vorschein kam, wurde seinem Verbleib nachgeforscht. Aber alle Bemühungen waren erfolglos, denn niemand wusste etwas von dem Verschwundenen zu sagen.

Unterdessen saß Laiblin im feuchten und dunkeln Burgverlies zu Tübingen. Er hatte nichts als sein Hemd zur Decke; denn man hatte ihn so in den Turm gesetzt, wie man ihn aus dem Bett gerissen hatte. Seine Nahrung war Brot, sein Trank schlechtes Wasser, das ihm jeden andern Tag hinabgehaspelt wurde. Erst nach geraumer Zeit wurde er heraufgezogen und zum Verhör geführt. Er war fast erblindet und konnte sich vor Hunger und Fieberfrost kaum aufrecht halten. Trotz aller Ermahnung der Richter, die schlimme Tat einzugestehen, sagte er nichts anderes aus, als was er in Reutlingen schon gesagt hatte. Vorerst kam er wieder in den Turm. Als er aber am andern Tag ebenfalls kein Geständnis machte, wurde er in die Folterkammer gebracht, hier wurden ihm die schrecklichsten Qualen angetan, bis er endlich, um Ruhe zu bekommen, den Willen der Richter tat und sich als den Mörder des Aigler bekannte. Obgleich er sofort nach überstandener Folter sein Geständnis widerrief, so änderte dies sein Los doch nicht mehr. Er wurde als Raubmörder zum Tode verurteilt und am selben Tage noch mit dem Schwert vom Leben zum Tode gebracht. Sein Leib wurde von den Henkern aufs Rad geflochten.

Diese übereilte Hinrichtung hatte darin seinen Grund, dass die Richter die Einsprache der Reutlinger fürchteten. Denn die Kunde von der Gerichtsverhandlung gegen Laiblin war schnell nach Reutlingen gedrungen, und Rat und Gericht hatten beschlossen, alles daran zu setzen, Laiblin den Händen der Tübinger zu entreißen. Umso größer war nun die Entrüstung, als Laiblins Hinrichtung in der Stadt bekannt wurde. Man schwur den Tübingern Rache, und lange Zeit war die Feindschaft gegen sie so groß, dass sich kein Tübinger mehr in die Mauern der Stadt Reutlingen wagen durfte. Der Verräter Laiblins aber musste flüchten und soll in der Fremde in Elend und Kummer gestorben sein. Mehrere Jahre waren seitdem vergangen. Da begab es sich, dass in der Stadt Sulz ein Mann im Sterben lag. Eine furchtbare Krankheit hatte ihn darniedergeworfen, und eine schwere Sündenschuld lastete auf seiner Seele. Einem Priester, der gekommen war, ihm die Beichte abzunehmen, gestand er Folgendes: »Es war zur Erntezeit des Jahres 1420, da kam ich nach

Rottenburg, um als Seifensieder für mein Geschäft Unschlitt einzukaufen. In einem Wirtshaus fand ich lustige Gesellen, die mich zu Wein und Spiel einluden. An sie verlor ich mein ganzes Geld, mehr als 60 Gulden. Als ich nun nachts durch den Wankheimer Wald schritt, voll Verdruss und Ärger über meinen Verlust, kam hinter mir drein ein Handwerksbursche. Der Wein musste ihn heiter gemacht haben, denn er sang mit lauter Stimme. Ich wartete auf ihn, und da ich sah, dass er einen ledernen Geldgurt um den Leib trug, so fuhr der Satan in mich. Ich erschlug ihn rücklings mit meinem Stock und raubte ihn aus. Der Verdacht fiel auf einen Reutlinger Handwerksgesellen, der dann auch in Tübingen mit dem Schwert hingerichtet worden ist. Mir selbst brachte das Geld keinen Gewinn. Mein Geschäft ging von Tag zu Tag rückwärts, und endlich befiel mich diese furchtbare Krankheit, an der ich nun schon mehr als 2 Jahre hinsieche. Mein Blut ist zu Eiter geworden, und mein Atem ist stinkend, sodass mich Mensch und Tier verabscheut. Lasst mir ein Tränklein geben, ehrwürdiger Vater, dass mein Leib sterben kann. Für meine Seele aber gibt's keine Rettung, sie ist ewig verloren.« Nachdem der Elende die letzte Ölung empfangen hatte, starb er. Der Priester teilte das furchtbare Geständnis dem Gericht in Sulz mit. Dieses ließ den Entseelten auf das Rad flechten, den Vögeln zur Speise. Auch wurde ein Bericht über den Vorfall aufgenommen und je eine Abschrift davon nach Reutlingen und Tübingen gesandt. Großes Aufsehen entstand darüber in beiden Städten. Die Tübinger bereuten jetzt schmerzlich ihr voreiliges Gericht und baten die Reutlinger um Vergebung. Sie versprachen alles zu tun, um den unseligen Zwist aus der Welt zu schaffen, und die Reutlinger waren verständig genug, die dargebotene Hand zum Frieden nicht auszuschlagen. So kam zwischen den beiden feindlichen Städten eine Versöhnung zustande. Die Tübinger ließen die Gebeine des gerichteten Laiblin an der Kirchhofmauer ausgraben und ehrenvoll in geweihter Erde bestatten. Und da man in dieser Zeit anfing, die St. Georgenkirche in Tübingen zu bauen, so stifteten die Tübinger Gerichtsherren einen gemeißelten Stein zum ewigen Angedenken an diese Begebenheit und zur Warnung vor voreiligem Todesspruch. Dieser Stein ist an der Ostseite der St. Georgenkirche eingefügt und zeigt – wie in einer runden Fensteröffnung – das Bild eines aufs Rad geflochtenen Mannes. Er ist heute noch zu sehen, und wer nach

Tübingen kommt, dem zeigt man auch dieses Wahrzeichen aus alter Zeit.

Nach Munder von K. Rommel-R.

Die Heidenkapelle zu Belsen.

Über dem Steinlachtal lag ein herrlicher Sommertag. Die Ährenfelder glänzten golden im Sonnenschein, und hoch in den blauen Lüften jauchzten die Lerchen. Am Wildbett des Steinlachflusses hinauf, den grünen Albbergen zu, schritt ein Mann. Die schwarze Kutte kennzeichnete ihn als Mönch, wennschon das dunkle Kraushaar, das in reicher Fülle sein Haupt umwallte, nicht dazu passen wollte. In der Hand trug er einen derben Knotenstock mit scharfer Eisenspitze und um die Schultern eine schwarze Ledertasche an breitem Riemen. Darein steckte er die weißen Blüten des Baldrians und die gelben Ähren der Wollblume, die in großen Mengen das Ufergebüsch umsäumten.

Bei der Einmündung eines Baches verließ er den Flusslauf und stieg nun weglos die Halde empor, die den Absturz eines gewaltigen Bergrückens bildet. Oben am schattigen Waldrande lag ein grauer Felsblock, von Moos und Flechten reich besetzt. Auf ihn ließ sich der Wanderer nieder, um das liebliche Bild zu genießen, das sich von hier aus seinen Augen bot. Tief unter ihm lag jetzt das Steinlachtal im Schmuck seiner goldenen Ährenfelder und grünen Weideplätze. Dazwischen tauchte da und dort ein kleines Gehöft oder ein einzeln stehendes Haus auf mit altersgrauem Strohdach und umgeben von einem roh gefügten Holzzaun. Größere Ortschaften fehlten, denn man schrieb damals erst das 8. Jahrhundert unserer Zeitrechnung. Drüben über dem Neckartale, das als dunkler Streifen deutlich zu erkennen war, dehnten sich grüne Wälder und Höhen aus, weit und immer weiter, bis sie endlich in blauer Ferne mit dem Horizonte verschmolzen. – »Wie herrlich ist doch dieses Land!« sagte der Mönch bewundernd. »Und wie schade ist es,« setzte er mit tiefem Seufzer hinzu, »dass es von heidnischer Finsternis so tief umhüllt ist. Ach, wer die Bande lösen könnte, mit denen der böse Feind es umstrickt hat!« In tiefer Bewegung sank er auf die Kniee, hob die Hände zum Himmel auf und rief: »Herr, zeige mir den Weg zum Herzen dieses Volkes! Du hast für alle Menschen dein Blut vergossen, so nimm auch sie auf in die Herde deiner Schafe!«

Geraume Zeit verharrte er in stillem Gebet, dann stand er auf, bekreuzte sich, warf die Tasche wieder auf den Rücken und schritt am Waldsaume dahin. Einige Male versuchte er in den Hochwald einzudringen, um auch dort heilsame Kräuter zu pflücken. Dornige Hecken und dichtes Gebüsch verwehrten ihm aber überall den Eintritt. Endlich bemerkte er im Gesträuch eine kleine Lücke. Er schritt darauf zu und entdeckte einen schmalen Fußpfad, der ihn in den Wald hineinführte. Waldesdunkel und geheimnisvolle Stille umgaben ihn hier. Mächtige Buchen reckten ihre Wipfel zum Himmel empor, jeden Strahl der Sonne mit ihrem grünen Blätterdache aufsaugend. Nachdem er etwa eine Viertelstunde gegangen war, senkte sich der Weg plötzlich in eine Schlucht. Man hörte eine Quelle rauschen, und eine Gruppe uralter Bäume wurde sichtbar. Dichtes Farnkraut wucherte ringsum, und mitten drin stand ein Altar aus Steinen, wie ihn die Germanen ihren Göttern zu erbauen pflegten. Reste von Kohle und Asche lagen darauf, ein Beweis, dass noch vor kurzer Zeit auf ihm geopfert worden war.

Anfangs stand der Mönch überrascht still. Dann aber trat er raschen Schrittes auf den Altar zu und rief: »Hab' ich dich endlich erwischt, Satanas? Hier also ist der Ort, wo du mit höllischem Gift die Seelen der unglücklichen Talleute füllest! Aber ich will dir das Handwerk legen! Zerbrechen will ich deinen Altar, wie einst die Altäre Baals zerbrochen worden sind!« Schon hatte er mit grimmigen Fäusten einen Stein herausgebrochen, um ihn in die Tiefe zu schleudern, da hielt er plötzlich betroffen inne. Aus den Steinen grinste ihm ein wunderliches Bild entgegen; ein Männlein mit dickem Kopf und verzerrten Zügen, das sich eben mit gespreizten Beinen zum Sprunge zu rüsten schien. Der Mönch besichtigte den Altar von allen Seiten und fand noch mehr solcher Steinbilder in ihn eingefügt: Noch ein anderes, dem ersten ähnliches Männchen, doch kleiner; sodann den Kopf eines Widders, eines Stiers und eines Schweins und über jedem dieser Bilder einen Ring mit Zacken und Strahlen, gleich einer Sonne. »Wie merkwürdig,« sagte er, »noch nie habe ich Ähnliches bei alemannischen Altären gefunden. Man könnte meinen, die Bilder seien christlichen Ursprungs und wollten den Spruch predigen: »Gott lässet seine Sonne scheinen über Gerechte und Ungerechte.«

Nach einigem Besinnen fuhr er fort: »Aber vor einer Torheit hat mich der Anblick dieser Bilder bewahrt. Nicht durch die rohe Gewalt meiner Hände soll dieser Altar zerstört werden; denn grollend würde das Volk sich von mir abwenden und sein Herz noch mehr verstocken als seither. Die Macht meiner Liebe soll ihr Herz weichmachen, dann wird dieser Altar von selbst zerfallen!« Mit einer Kohle, die er vom Altar genommen, zeichnete er ein Kreuz auf das Gestein. »In diesem Zeichen, das die Welt erlöst hat,« sagte er, »will ich siegen!« Dann ging er in tiefem Sinnen den Weg wieder zurück, den er gekommen war.

Bruder Walbrecht, so wollen wir den Mönch nennen, hatte seine Klause inmitten des Steinlachtales auf einer kleinen Anhöhe aufgeschlagen. Auch ein kleines Kirchlein, aus Holz und Stroh gebaut, stand dabei. Vor mehr als einem Jahr war er mit einigen Brüdern vom Kloster Reichenau am Bodensee ausgezogen, um den heidnischen Alemannen am Neckarflusse das Evangelium zu verkündigen. Nach einigen Kreuz- und Querfahrten war er ins Steinlachtal gekommen, wo er nun mit großem Eifer den Gekreuzigten predigte. Aber die Herzen der Steinlachleute waren hart, und Walbrechts Predigt wollte nicht fruchten. Wohl kamen sie am Sonntag aus Neugier zu seinem Kirchlein, holten auch dann und wann heilsame Tränklein und Sälblein bei ihm; aber von ihren Göttern Wuotan, Donar und Frena wollten sie nicht lassen. »Deinen Gott kann man ja nicht sehen,« sagten sie, »wie sollen wir dann glauben, dass er da ist und helfen kann?« Nachdem Walbrecht den Altar im Walde gefunden hatte, verdoppelte er seinen Eifer und seine Anstrengungen. Er suchte die Armen und Kranken auf, lehrte die Kinder allerlei Künste und Fertigkeiten und unterwies die Männer im Obst- und Weinbau. Die Leute ließen sich das gerne gefallen. Nur der Adaling Belso, der im oberen Tal seine Siedelung hatte, wollte von alledem nichts wissen. Er ging dem Mönch, wo er nur konnte, aus dem Weg, besuchte sein Kirchlein nicht und verbot auch seinen Leuten jedweden Umgang mit ihm. Walbrecht versuchte einige Mal, Einlass in den Edelhof zu bekommen, wurde aber stets schroff abgewiesen.

Nun geschah es im Frühjahr, als der Schnee schmolz und das Erdreich aus langem Winterfrost auftaute, dass eine böse Krankheit die Kinder des Steinlachtals heimsuchte. Viele wurden von der Seuche dahingerafft und immer neue von ihr ergriffen. Der Adaling Belso hatte drei Söhne, jung und frisch wie Fohlen, die Freude und der Stolz seines Herzens. Wie durch ein Wunder waren sie von der Seuche verschont geblieben. Belso schrieb es dem Umstande zu, dass die Waldfrau täglich dreimal mit zauberkräftigen Kräutern die Stube ausräucherte und dadurch die bösen Geister bannte. Auch hatte sie den Knaben Anhängerlein gemacht, gefüllt mit der heiligen Asche des Altars im Walde und besprengt mit dem Wasser der heiligen Quelle. Belso glaubte nicht anders, als ihnen könne die Seuche nichts anhaben. Aber er täuschte sich. Eines Tages erkrankten die zwei jüngsten auf einmal und nach kurzer Zeit waren sie Leichen. Die Eltern waren fassungslos. Und als nun auch der Älteste, ein blondgelockter Knabe von zwölf Jahren, der Augapfel des Vaters, von der tückischen Krankheit ergriffen wurde, kannte sein Schmerz keine Grenzen mehr. Alles Räuchern und Beschwören der Waldfrau war vergeblich, und die Mutter, halb wahnsinnig vor Schmerz und Angst, bestürmte ihren Mann mit Bitten und Tränen, den Mönch holen zu lassen, ob nicht vielleicht er noch helfen könne.

Anfangs wies Belso seine Frau mit Entrüstung zurück. Als aber die Krankheit sich mehr und mehr steigerte, da überwand er alles Bedenken und sandte einen Boten zu Walbrecht mit der Bitte zu kommen. Walbrecht machte sich ohne Zögern auf den Weg. Schon an der Pforte kam ihm die Edelfrau entgegen und führte ihn eilig zu dem Gemach, in dem der Knabe lag. Der Adaling erwiderte den Gruß des eintretenden Mönchs nicht. In dumpfem Schmerze vor sich hinbrütend, saß er auf der langen Bank, die sich an der Wand hinzog. Walbrecht öffnete zuerst die Fensterläden, um den erstickenden Rauch, den die Waldfrau gemacht hatte, ausziehen zu lassen. Hierauf trat er zu dem Knaben, der, in Decken und Felle eingehüllt, bewusstlos im Fieber lag, machte über ihn das Zeichen des Kreuzes und flößte ihm Arznei und stärkenden Wein ein. Dann sank er vor dem Lager auf die Kniee nieder, hüllte das Gesicht in beide Hände und murmelte Gebete in einer fremden Sprache. Die ganze Nacht lag er so. Nur von Zeit zu Zeit erhob er sich, um dem kranken Kinde Arznei und Wein zu geben. Dann kniete er wieder vor dem Bette nieder. Die Mutter hatte sich auf einen hölzernen Schemel niedergelassen, der Vater verharrte in seinem dumpfen Schweigen. Eintönig plätscherte durch die Stille der Nacht der Brunnen im Hofe. Zuweilen auch spielte ein Windstoß mit den Zweigen des Holunderbaumes vor dem Fenster oder mit den klappernden Pferdeschädeln, die hoch oben am First des Hauses zu Ehren des Wuotan aufgehängt waren. Als der Hahn im nahen Stalle den Morgen ankündete, zeigte sich leichter Schweiß auf der Stirne des Knaben. Bald brach er aus allen Poren hervor. Der Atem wurde jetzt leichter und regelmäßiger. Und als die Morgensonne ihre ersten Strahlen in die Stube warf, da schlug der Knabe zum ersten Mal wieder die Augen auf und schaute verwundert den fremden Mann an. Die Krisis war überstanden, die Krankheit gebrochen. Mit einem Freudenschrei stürzte sich die Mutter über ihr Kind. Der Vater konnte das Wunder kaum fassen. Zitternd vor Erregung trat er zu Walbrecht und sagte: »Dein Gott hat gesiegt; er ist mächtiger als unsere Götter. Sag, was muss ich ihm geben, da er mein Kind errettet hat?« Doch Walbrecht winkte ihm zu schweigen. »Später wollen wir darüber reden; jetzt lass das Kind ruhen,« flüsterte er.

Unter Walbrechts Pflege ging die Genesung des Knaben rasch vonstatten. Bald war alle Gefahr beseitigt. Da war ein Staunen unter den Talleuten. Alle wollten nun Walbrechts Hilfe haben, und er tat, was er konnte. Glücklicherweise hatte die Seuche ihr Ende erreicht. Kein Kind fiel ihr mehr zum Opfer. Nun war es ausgemacht, dass der Christengott geholfen hatte, und alles wollte ihm jetzt dienen und sein Wohlgefallen erwerben. Schon am Fest der Himmelfahrt konnte Walbrecht die Erstlinge unter den Talleuten in seinem Kirchlein taufen. Zu ihnen gehörte auch Belso mit seiner Familie. Da er im Tal großes Ansehen genoss, so folgten seinem Beispiel andere, und bald war das ganze Steinlachtal dem Christentum gewonnen. Die Waldfrau, die sich von den alten Göttern nicht trennen konnte, wanderte aus, und der Altar im Walde stand einsam und verlassen.

Belso, der Adaling, hatte damit nicht genug. Er fühlte sich dem Christengott gegenüber als Schuldner, und Tag und Nacht sann er darüber nach, wie er die Schuld wohl tilgen könnte. Eines Tages trat er in Walbrechts Klause und sagte: »Ich muss dem Gott, der mir mein Kind aus Krankheit und Tod errettet hat, ein Opfer bringen. Sage mir, wird er eine Kirche annehmen, die ich ihm bauen will?« Walbrecht sprach: »Tue, was du in deinem Herzen hast, ich will dir helfen, so gut ich es vermag.« Und er sandte Boten nach Reichenau ins Kloster und bat den Abt um Brüder, die erfahren waren im Bauen und im Zurichten von Steinen. Sie erbauten auf einem sonnigen Hügel über dem Buchbachtale, nahe bei Belsos Hofe, ein Kirchlein aus Stein, wie sonst ringsum im Lande keines zu schauen war. Als Vorbild nahmen sie eine altrömische Kapelle, wie sie Bruder Lambertus, der Baumeister, im welschen Lande gesehen hatte. Das Kirchlein ließ er so stellen, dass durch ein rundes Fenster in der östlichen Wand die Sonne zur Zeit des längsten Tages hereinschien und mit ihren Strahlen das Zeichen des Kreuzes hervorbrachte. Auf besonderen Wunsch Walbrechts wurden die Steinbilder des verlassenen Altars im Walde in die Giebelseite des Kirchleins eingesetzt und dazwischen das Kreuz, zum Zeichen, dass der Christengott den Sieg davongetragen habe über die heidnischen Götter und ihre Altäre.

Noch heute steht auf dem kleinen Hügel bei Belsen, am Fuß des Farrenbergs, die »Heidenkapelle«. Obgleich schon einige Mal erneuert und auch vergrößert, hat sie doch ihre ursprüngliche Form treu behalten. Deutlich erkennt man die runde Lichtöffnung und die wunderlichen Steinbilder, unterbrochen vom christlichen Kreuz. Schon mancher Gelehrte hat sich den Kopf zerbrochen, woher sie ursprünglich stammen möchten, und auch das Volk hat sie mit allerlei Deutungen und Sagen umwoben. Die Geschlechter, die darüber Auskunft geben könnten, schlummern schon längst hinter dem Gitter, durch das der Blick auf den kleinen Friedhof fällt, der die Kapelle umschließt. Droben aber der Bergwald, der es auch weiß, gibt sein Geheimnis nicht preis. Er schüttelt auf solche Fragen unwillig sein Haupt und rauscht sein Lied weiter, heute wie gestern und wie vor tausend Jahren.

K. Rommel-Reutlingen.

Der Goldkessel der Reichenau bei Münsingen.

Abseits des Albdorfs Auingen ragt hart an den Grenzen des heutigen Truppenübungsplatzes ein runder Bergkopf auf: die Reichenau. Hier stand vor Zeiten ein Schloss, und noch sieht man Brunnen und Wälle und Mauern. Da liegt hundert Klafter unter den Ruinen ein ungeheuer reicher Schatz, in einem goldenen Kessel geborgen. Alle fünfhundert Jahre einmal wird ein Mensch geboren, der kann den Schatz heben, wenn er mutig genug dazu ist. Gelegenheit dazu hatte einmal der Hirte von Heroldstatt. Der weidete eines Tages seine Herde am Fuße der Reichenau. Als er nun gegen den Abend eintreiben wollte, vermisste er ein junges Rind, und nach einigem Suchen hörte er es oben auf der Reichenau brüllen. Er stieg den Berg hinan und war schon nahe dem Gipfel desselben, als auf einmal eine wunderliebliche, aber seltsam gekleidete Jungfrau vor ihm stand und zu ihm sprach: »Du lieber Trautgesell, du kommst zur rechten Stunde her; wisse, dass du berufen bist, den vergrabenen Schatz unter deinen Füßen zu heben, du bist dann mit eins der reichste Mann weitum im Fleinsgau.« Der Hirte erschrak zuerst über der seltsamen Erscheinung, aber er fasste Mut und besprach sich mit der Jungfrau. Er vernahm, dass er von heute in vierzehn Tagen, wenn der Vollmond am Himmel stehe, wieder auf diesem Platz sich einfinden solle. »Und zwei Priester nimm' mit dir, die müssen die Beschwörung sprechen,« sagte die Jungfrau. »Ihr werdet den Schatz in güldenem Kessel auf dem Gipfel des Berges funkeln sehen. Alsdann schreitet hinzu und lasst euch nicht irren. Was auch immer euch in den Weg träte, und sähe es noch so schrecklich aus, es kann euch nicht schaden. Greifet nur kecklich in den Goldhaufen ein, und er ist euer für immer. Aber wenn ihr euch schrecken lasset und feig die Flucht ergreifet, wehe dann mir! Abermals muss ich dann 500 Jahre verzaubert sein und kann die ewige Ruhe nicht finden. Deshalb erbarme dich meiner, wie du willst, dass Gott sich deiner erbarme!« In diesen letzten Worten zitterte eine solche Fülle des Jammers, dass der Hirte versprach, die Pein der Jungfrau zu lindern und nach vierzehn Tagen in der Vollmondnacht zu kommen und den Schatz zu heben. Dann zerfloss die holde Erscheinung der Jungfrau wie ein Nebelwölkchen im Frühlicht, und im selbigen Augenblick kam das gesuchte Rind aus dem Gebüsch gesprungen und folgte seinem Leiter willig den Berg hinab.

Am andern Tag lief der Hirte zum Priester von Münsingen, welcher ein rechtschaffen frommer Mann war, und erzählte ihm alles, was er auf Reichenau gesehen und gehört hatte. Der Mann Gottes beschloss, hilfreiche Hand zu bieten, weil es sich hier um einen Triumph über den Satan handle. Und er verordnete einen Amtsbruder zum Werke. Als die Vollmondnacht nun erschien, da gingen der Hirt und die Priester hinaus zur Reichenau. Eben als der Nachtwächter im nahen Auingen die elfte Stunde ausrief, stiegen sie den Berg hinan. Plötzlich rumorte es innen im Berge, und auf einmal schoss oben auf dem Gipfel eine hohe Flamme empor. In ihrem Scheine aber glänzte ein Kessel, der war bis zum Rande mit Gold und mit Silber gefüllt. Als sie nun hinzugehen wollten, da erhub sich rings um sie her ein Geschrei von Raben und Eulen, und Fledermäuse flogen herzu, und aus dem Gebüsch wurden Knochen und Steine geschleudert, und grinsende Schädel kollerten unter ihren Füßen dahin. Aber ihre frommen Gebete bannten den Teufelsspuk, und sie drangen tapfer voran. Plötzlich verfinsterte sich der Himmel, der eben noch voll Mondlicht gewesen, und der Berg erbebte, und ein schreckliches Unwetter tobte. Blitze fielen gleich feurigen Lanzen hernieder, und schauerlich knallten die Donner im nächtlichen Wald. Und jetzt stürzten grausige Tiere aus Busch und Felsenspalt und drohten, jeden zu töten, der näher käme. Aber die Dreie achteten das nicht. Sie schritten herzhaft auf den funkelnden Kessel zu, und jetzt waren sie oben. Eben wollte der Hirte vortreten, um, wie ihm die Jungfrau geboten, einen Griff in den Kessel zu tun. Da öffnete sich, von unsichtbarer Hand gespalten, die Erde, und dem Boden entstieg scheußliches Gewürme, und Raubtiere fletschten die Zähne, und ein abscheulicher Gestank erfüllte die Luft, also dass es nicht möglich war zu atmen. Da wandte sich der Hirte, und als er sah, wie die Priester in eiliger Flucht davonliefen, erfasste ihn ebenfalls jähes Entsetzen und er lief nun auch den Abhang hinunter. Die Jungfrau aber ermahnte mit jämmerlichem Bitten zum Ausharren; umsonst, die Männer kehrten nimmer um. Erst als der Lärm um sie her verstummt war, da fassten sie soviel Mut, rückwärts zu schauen. Und siehe, um den Gipfel der Reichenau zog ein flammender Schein, und eine tiefe Spalte klaffte im Berg, und der goldene Kessel verschwand eben in der Tiefe. Aus dem Walde aber hörte man ein ohrenbetäubendes Lachen, das Hohngelächter der Hölle; Satans Künste hatten wieder einmal über der Menschen Furcht gesiegt. Seit der Zeit haben's die Leute noch oftmals unternommen, den Goldkessel der Reichenau zu heben, aber keinem ist es gelungen, auch den Schatzgräbern nicht, die im Jahre 1818 durch Monden hindurch nächtlicherweile an diesem Ort ihr Glück versucht haben.

    E. Schnerring.

Der Waldgraf von Laichingen.

Im Walde Hagsbuch bei Laichingen auf der Alb gestattet eine mächtige Felsgrotte, der »hohle Stein« genannt, Zutritt zu unterirdischen Gängen. Hier hat in uralten Zeiten, als Werkzeuge und Waffen noch aus Stein waren, in unterirdischer Klause ein Mann gelebt. Er war ein Wohltäter der Redlichen und Armen, aber nur ganz selten ließ er sich sehen. Zwei Holzhackern hat er sich einmal gezeigt. Sie waren frühmorgens von daheim fortgegangen, um ihre Arbeit möglichst zu fördern. Aber unterwegs verloren sie ihre Beile. Wie sie nun besorgt beieinanderstanden und ratschlagten, was zu tun sei, da sahen sie mit einemmal einen Mann durchs Gestämme auf sie zukommen, und je mehr er sich näherte, um so größer wurde seine Gestalt. Da erschraken die Holzhacker sehr und wollten sich zur Flucht wenden. Der riesenhafte Mann rief ihnen jedoch nach: »Bleibt, ich tue niemand Leides. Ich bin der Waldgraf und will euch helfen. Folget mir!« Also zutraulich gemacht, traten die Holzhacker heran. Da nahm sie der Waldgraf bei der Hand, den einen hüben, den andern drüben, und also führte er sie an seine Felsenwohnung, den »hohlen Stein«. Dort trat er mit ihnen in einen der unterirdischen Gänge, und weit hinein ins Berginnere führte er sie. Dann rief er auf einmal: »Der Waldgraf!« Schaurig klang seine Stimme, und es rollte mächtig durch die unterirdischen Hallen. Alsobald aber sprangen, von unsichtbarer Hand geöffnet, zwei Türflügel auf, und man sah in einen großen Saal hinein, wo es funkelte und glitzte von Gold und edlem Gestein, dass der Glanz den Holzhackern in den Augen biss und sie ihr Angesicht abwenden mussten. Nach einer

Weile sahen sie dann wieder hin, aber jetzt war all die Herrlichkeit verschwunden, und die Männer stunden nun in einer weiten Halle, wo allerlei Geräte und Gewaffen hing. »Da leset euch heraus, was euch passt,« sagte der Waldgraf und deutete auf die Steinbeile, die an der Felswand hingen. Und die Männer traten hinzu und nahmen, was ihnen gut und nützlich zu sein deuchte. Weit hinten aber schimmerten mit rosigem Funkeln wunderbare Edelsteine. »Dort!« deutete der Waldgraf; aber die Holzhacker schüttelten die Köpfe und wandten sich zum Gehen. Als sie nun wieder ins Sonnenlicht traten, sagte der Waldgraf zu ihnen: »Ihr seid törichte Leute gewesen. Hättet ihr Gold und Silber gewünscht, so wäre es euch heute in Hülle und Fülle geworden; nun aber ist das Glück an euch vorübergegangen, und ihr habt nicht zugegriffen. Warum habt ihr das getan?« Da entgegnete einer der beiden: »O, Waldgraf, Gold und Silber wollen wir nicht; was wir aber brauchten, nämlich gute, kräftige Beile, das hast du uns ja gegeben, und wir danken dir dafür. Jetzt können wir wieder aufs Neue an unsere Arbeit gehen.« Damit wollten sie kurzerhand gehen. Der Waldgraf hielt sie aber zurück und sagte: »Das gefällt mir, dass ihr so zufriedene Leute seid. Ich wollte, ich könnte auch so anspruchslos sein wie ihr.« Worauf sie sagten: »Versuch's einmal.« Und sie nahmen ihn mit, und er ging hin und fällte mit ihnen Bäume den ganzen Tag. Als es nun Abend war, sagte der Waldgraf: »Ich verspüre Hunger.« »So wird es dir desto besser schmecken heute,« sagten die Holzhacker; »komm und nimm vorlieb an unserem Tisch; denn wo man schafft, da isst man auch.« Da wehrte ihnen der Waldgraf und sagte, er wolle nicht unter die Menschen, und sie sollen ja niemand sagen, dass sie ihn gesehen hätten. Dann stampfte er den Boden. Der tat sich auf, und da sahen die Männer in eine unerhörte Pracht hinab. Am andern Tag aber kam der Waldgraf wieder zu den Männern in den Wald und schlug Holz, und sie förderten ihr Tagwerk so sehr, wie sonst kaum in einer Woche. So am dritten Tag und so durch zwei Wochen hindurch. Der Waldgraf pries das Arbeiten sehr, weil er sich dabei glücklich fühle. Doch einer der Holzhacker war ein redseliger Mann, und eines Samstags nach Feierabend erzählte er guten Freunden und Nachbarn die ganze Geschichte, und von Stund an ist der Waldgraf nicht mehr gekommen, und auch seine unterirdische Behausung hat niemand gefunden, so viele Leute sie auch zu suchen begannen. Der »hohle

Stein« bei Laichingen aber liegt noch im verschwiegenen Waldesdunkel als ein altersgrauer Zeuge von einem Geschlecht, das einst in Höhlen gehaust hat.

 C. Schnerring.

Die Riedkapelle bei Hundersingen.

 In den ersten Märztagen des Jahres 1511 hielt zu Stuttgart der junge Herzog Ulrich von Württemberg seine Hochzeit mit Sabina, des verstorbenen Bayernherzogs Tochter. Dabei wurde eine Pracht entfaltet, wie sie bis dahin im Schwabenlande noch nie gesehen worden war. Zu Ehren der vornehmen Gäste, die aus ganz Deutschland zum Hochzeitsfeste gekommen waren, wurde allerlei Festlichkeit und Kurzweil veranstaltet. Dem gemeinen Volk aber war ein Brunnen errichtet, aus dessen acht Röhren roter und weißer Wein floss. Jedermann durfte daraus trinken, soviel er wollte; nur sollte keiner etwas nach Hause mitnehmen, »außer, was er im Kopf mit davontrüge.«

 Unter den adeligen Gästen befanden sich auch zwei oberschwäbische Grafen, Andreas von Sonnenberg und Felix von Werdenberg, jener in Scheer, dieser in Sigmaringen ansässig. Obgleich Nachbarn, waren sie doch nicht gut aufeinander zu sprechen; denn ein Erbschaftsstreit hatte ihre Familien entzweit. Graf Felix von Werdenberg stand bei Kaiser Maximilian in hoher Gunst. Er hatte dem Kaiser in Krieg und Frieden schon manchen Dienst erwiesen, daher ihm auch bei der Hochzeitsfeier die Würde des kaiserlichen Gesandten übertragen worden war. Der herzogliche Bräutigam erwies dem Vertreter des Kaisers große Aufmerksamkeit und gab ihm sogar die Ehre des Vortanzes mit seiner fürstlichen Braut.

 Nun war aber der Werdenberger klein und unansehnlich von Gestalt, und die besonders groß gewachsene herzogliche Braut überragte ihn um mehr als eines Hauptes Länge. Die Zuschauer konnten sich eines Lächelns nicht erwehren, als das ungleiche Paar zum Tanze antrat. Graf Andreas von Sonnenberg aber, der seinem Nachbarn die Ehre nicht gönnte, rief ihm zu: »Streck dich, Werdenberg!« Graf Felix, über den Spott des Sonnenbergers sehr ergrimmt, erwiderte: »Das will ich dir gedenken, Sonnenberg!« Dieser, von Gestalt ein Riese, ergötzte sich an dem Zorn des Werdenbergers, und da er schon ziemlich tief in den Becher geschaut hatte, so rief er mit Lachen: »Was will mir das ärmliche Studentlein tun? Wenn ich ihm den Finger zwischen die Zähne lege, so darf er nicht wagen zuzubeißen!« »Warte nur,« schrie zornbebend Graf Felix, »ich will dich noch beißen, dass du es wohl spüren wirst!«

Dieser Streit zwischen den beiden Grafen brachte einen schrillen Misston in die so fröhliche Festesstimmung. Denn auch die Herzogin Sabina fühlte sich gekränkt durch die ihrem Tänzer widerfahrene Beleidigung und war den ganzen Abend voll übler Laune. Graf Felix von Werdenberg aber tat den Schwur, die ihm angetane Schmach blutig zu rächen.

Als das Hochzeitsfest zu Ende war und die Gäste Stuttgart verließen, tat er, als ob er auf seine Besitzungen in der Rheingegend reise. Insgeheim aber ritt er zu seinem Schwager auf die Burg Wildenstein an der Donau und warb fahrende Kriegsknechte an, denen Weg und Steg am Donaufluss bekannt waren. Mit ihnen lag er Tag und Nacht gegen den Sonnenberger auf der Lauer. Es war am 10. Mai 1511 abends spät, als Graf Andreas, begleitet von drei Knechten und einem Kaplan, vom Bussen herab seinem Heimwesen in Scheer zuzog. Er war auf der Jagd gewesen und dachte an nichts Arges, hatte auch keinen Harnisch noch sonstige Rüstung an, sondern war nur bekleidet als ein Weidmann. Da er nun bei Hundersingen durch das Ried ritt, sprengten ihm auf einmal 10-12 gewappnete Reiter entgegen. Sie hatten ihre Kappen tief ins Gesicht gezogen, sodass man sie nicht erkennen konnte. Als der Graf sie fragte, wer sie seien, rief der vorderste: »Schießt ab! Schießt ab!« Die Bogen schwirrten, und hart vorbei an des Grafen Kopf flogen die Bolzen, doch ohne zu treffen. Vertrauend auf sein gutes Pferd, ergriff nun Graf Andreas die Flucht. Aber er kam nicht weit. Denn in der Dunkelheit stürzte das Pferd über einen Graben, und der Graf fiel zu Boden. Ehe er sich erheben konnte, waren die Reiter schon bei ihm, und nicht achtend der Bitten des Kaplans, seinem Herrn noch die letzte Beichte zu gewähren, hieben und stachen sie mit ihren

Schwertern und Lanzen so lange auf ihn ein, bis er kein Lebenszeichen mehr von sich gab. Dann ritten sie hohnlachend davon. Großer Schrecken verbreitete sich über dieser Mordtat in der Gegend. Man brachte die aus mehr als 20 Wunden blutende Leiche nach Scheer. Dort wurde sie in der Kirche beigesetzt. Das Grabmal ist heute noch zu sehen.

Felix von Werdenberg, der Urheber der ruchlosen Tat, verriet sich selber durch Briefe, die er an Verwandte schrieb. Da er vorgab, er habe in der Notwehr gehandelt, so wurde er vom Gericht nur zu einer kleinen Geldbuße verurteilt, trotzdem die Familie des Ermordeten alle Anstrengungen machte, ein gerechteres Urteil herbeizuführen. Doch entging er der Strafe nicht. Die Mordtat, nicht die einzige in seinem Leben, brannte ihm auf der Seele, und um sein Gewissen zu betäuben, soll er sich oft in seinem Schlosse zu Sigmaringen »allerlei Tanz und Kurzweil haben aufführen lassen«. Im Jahre 1530 ereilte ihn ein jäher Tod auf dem bekannten Reichstag zu Augsburg. Seine Verwandten sagten, ein Schlagfluss habe ihn nachts im Bett getötet. Das Volk aber behauptete, Kaiser Karl V habe ihn seiner Mordtaten wegen im geheimen hinrichten lassen. In Trochtelfingen auf der Alb, wohin sein Leichnam zur Beisetzung gebracht wurde, ging lange Zeit noch die Sage, bei der Beerdigung des Grafen sei sein abgehauener Kopf im Sarg immer hin- und hergerollt, sodass die entsetzten Träger den Sarg hätten öffnen wollen. Doch sei es von den Verwandten des Grafen nicht gestattet worden.

Auf der Mordstelle wurde später eine Kapelle erbaut. In ihr musste ein Priester wöchentlich eine Seelenmesse lesen. Angefügt wurde der Kapelle eine Klause für einen Einsiedler, der zu bestimmten Zeiten das Glöcklein der Kapelle zu läuten hatte. Viele Leute strömten herbei, um in der einsamen Riedkapelle ihre Andacht zu verrichten und der Seele des Ermordeten ein Vaterunser zu weihen. Im Jahre 1818 wurde der letzte Eremit von einem Landstreicher des Nachts grausam ermordet. Dadurch entweiht, musste die Kapelle abgebrochen werden. Lange Zeit bezeichnete nur ein einsam stehender Vogelbeerbaum die Stelle der grauenvollen Tat. Jetzt steht auf ihr ein einfaches Malzeichen, dem Toten zum Gedächtnis, den Lebenden zur Mahnung und Warnung.

Nach der Zimmerschen Chronik u. a. von R. Rommel-N.

Die heilige Hildegard auf dem Bussen.

Auf der Burg, die einst den alten Schwabenberg an der obern Donau, den Bussen, krönte, hauste vor mehr als tausend Jahren Gerold, Herzog von Schwaben, der des Reiches Sturmfahne wider Mauren und Ungarn, Welsche und Avaren vorantrug. Von seiner Schwester Hildegard, die mit dem mächtigen Heldenkaiser Karolus vermählt war, weiß die Sage manches zu erzählen. Einst war sie auf ihrem Heimatberg zu Besuch, während ihr Gemahl und ihr Bruder gegen die Feinde des Reiches im Felde standen. Da versuchte ihr Kammerherr Taland, der Stiefbruder ihres hohen Gemahls, ihrer Tugend nachzustellen. Die edle Frau verwies dem Falschen mit strengen Worten öffentlich sein schnödes Beginnen. Das verdross den stolzen Mann. Er schickte Briefe an seinen Bruder, den Kaiser, und verleumdete Hildegard. Karl schenkte ihm Glauben und sandte Befehl, die pflichtvergessene Frau, auf welche Weise es auch sei, aus der Welt zu schaffen.

Taland beeilte sich, des Kaisers Willen zu erfüllen. In der Nacht rissen seine Knechte die Unglückliche aus dem Schlummer, schleppten sie die steile Höhe des Berges hinab an die Donau und warfen sie über die Brücke, die hier über den Strom führt, in die Fluten hinunter. Nach vollbrachter Tat kehrten sie auf die Burg zurück und meldeten dem Gebieter, dass sein Gebot vollzogen sei.

Hildegard aber war in ihrer Jugend von ihrer treuen Dienerin Rosina im Schwimmen wohl unterrichtet worden. So gelang es ihr, sich heil und gesund ans Ufer zu retten. Fliehend eilte sie hinweg, um ihren Feinden zu entgehen. Sie gelangte unerkannt nach Buchau. Dort fand sie im Kloster ein Unterkommen. Niemand wusste um ihre Herkunft. Durch ihr tugendhaftes Leben gewann sie bald den Ruf einer Heiligen, und Kranke kamen von nah und fern, um von ihr geheilt zu werden. Denn sie war kundig wie keine im Kräuter- und Heilwesen.

Taland, ihr Todfeind, war indessen zur Strafe für seine Bosheit von unheilbarem Aussatz betroffen worden. Als er nun von den Wundertaten hörte, die durch die fromme Klosterfrau in Buchau geschahen, da kam er auch nach Buchau und suchte Hilfe bei der Heiligen. In ihrer Klostertracht erkannte er Hildegard nicht. Sie aber erkannte ihn wohl und wies ihn zuerst streng von ihrem Angesicht. Erst als er einem Priester reumütig seine böse Tat gebeichtet hatte, war sie bereit, ihm zu helfen. Sie reichte dem Büßenden eine Salbe, die nur sie zu bereiten verstand, und in kurzer Zeit war Taland von seinem Aussatz genesen. Kaiser Karl, der Gemahl der verstoßenen Hildegard, war hocherfreut über die Heilung seines Stiefbruders und kam selbst nach Buchau, um der wundertätigen Klosterfrau seine Huld und Gnade zu beweisen. Hildegard erschien tief verschleiert vor dem Herrscher. Er jedoch begehrte, sie unverhüllt zu sehen. Da erkannte Karl die tot geglaubte Gemahlin. Schluchzend fiel er ihr zu Füßen und bat um Verzeihung. Den bösen Stiefbruder aber verbannte er auf eine Insel im Wendenmeer. Er selbst lebte noch manches Jahr glücklich mit der wiedergefundenen Gemahlin.

Zum Danke gegen Gott, der ihre Unschuld an den Tag gebracht hatte, stiftete die fromme Hildegard ein Kloster im Algäu. Eines Tages, als sie dort weilte, stritten ihre halb erwachsenen Söhne darüber, welcher von ihnen dem Vater in der Regierung des Reiches folgen werde. Hildegard ließ für jeden der Söhne einen Hahn bringen und befahl, dass die Hähne miteinander kämpfen sollten. Wessen Hahn siege, der sollte der künftige Herrscher des Reiches werden. Ludwigs, des Ältesten, Hahn trug den Sieg im Kampfe davon; und er war es auch, der nach seines Vaters Tod das Zepter im Frankenreiche führte.

F. H.

Heinrich mit dem goldenen Pfluge.

Eticho der Welf liebte die Freiheit dergestalt, dass er seinem Sohne Heinrich heftig abriet, je von dem Kaiser Land zum Lehen zu nehmen. Heinrich aber, dessen Schwester mit Ludwig dem Frommen vermählt war, ließ sich durch Zureden bestimmen, in des Kaisers Schutz und Dienst zu treten, und erwarb vom Regenten die Zusage, dass ihm soviel Landes geschenkt sein solle, als er mit seinem Pflug zur Mittagszeit umgehen könne. Heinrich ließ darauf einen goldenen Pflug schmieden, den er unter seinem Kleid verbarg, und um die Mittagszeit, da der Kaiser Schlaf hielt, zog er aus. Er hatte aber zuvor an verschiedene Örter flinke Pferde aufstellen lassen, auf dass, wenn das eine ermüde, er gleich wieder ein ausgeruhtes besteigen könne. Und so sprengte er mit seinem Pflug unterm Wams dahin. Zuletzt, wie er eben einen Berg überreiten wollte, kam er an ein böses Mutterpferd, das gar nicht zu bezwingen war, sodass er es nicht besteigen konnte, daher der Berg der Mährenberg heißt bis auf den heutigen Tag. Mittlerweile war der Kaiser aufgewacht, und Heinrich musste einhalten. Er ging mit seinem Pfluge an den Hof und erinnerte den Kaiser an sein Wort. Dieser hielt es auch, wiewohl es ihm leidtat, dass er so überlistet und um ein großes Stück Land gebracht worden war. Seitdem führte Heinrich den Namen eines Herrn von Ravensburg, denn Ravensburg lag in dem umpflügten Gebiet. Seine Vorfahren hatten bloß die Herren von Altdorf (Weingarten) geheißen.

Als nun Eticho hörte, dass sich sein Sohn habe belehnen lassen, machte er sich traurig auf aus Schwaben und zog über Land, und niemals mehr wollte er seinen Sohn Heinrich sehen.

Grimm, Deutsche Sagen.

Blaubeurer Sagen.

Der Blautopf.

Hart hinter dem Städtchen Blaubeuren quirlen in der verschwiegenen Ecke eines lieblichen Bergrunds die Wasser des Blautopfs aus geheimnisvollen Tiefen empor. Glänzend, wie des Himmels lichtes Blau in den Tagen des Frühlings, liegt der große runde Kessel des wundersamen Quells vor dem Beschauer. Und soviel man auch die Wunderpracht des Quelltopfs rühmt, noch keinem ist es gelungen, seine Schönheit genugsam zu preisen. Die Farbe des Wassers ist so blau, »als wenn zum wenigsten ein Stücker sechs Blaufärber samt einem vollen Kessel eben erst darin ersoffen wären« (Mörike). Wenn man es aber schöpft, sieht es ganz hell in dem Gefäß. Dieser Blautopf ist einwärts wie ein tiefer Trichter. Sein Spiegel ist gewöhnlich ganz ruhig, seine Wassermasse aber so groß, dass die Stadt Blaubeuren mitsamt acht Albdörfern und etlichen Weilern das ganze Jahr hindurch von ihm köstliches Trinkwasser die Fülle erhalten. Und überdem enteilt ihm noch das muntere Blauflüsschen so stark, dass es, unmittelbar nachdem es der Heimat entsprungen, ein Hammerwerk und vier Mühlen treibt. Bei anhaltendem Regenwetter und zur Zeit der Schneeschmelze trübt sich die Quelle, wird auffallend stärker und so unruhig, dass sie beträchtliche Wellen aufwirft und wohl auch Überschwemmungen verursacht.

Das Geheimnisvolle, Feierliche am Blautopf nimmt jeden Besucher gefangen. Schon die Alten waren an diesem Ort von heiligen Schauern durchbebt. Deshalb klingen aus den verborgenen Tiefen des Quells die Glöcklein der Sage voll und schön, und ein Geschlecht erzählt es dem andern: »Am Blautopf, da war einmal ...«

C. Schnerring.

Der Blaugeist

In einem der schönsten Täler unserer Alb liegt die Oberamtsstadt Blaubeuren. Ihren Namen (Beuren, Buron, Born, Bronn-Quelle) hat die Stadt von dem herrlich blauen Quell, der hart am Fuße der Albwand in einem großen runden Kessel von etwa 130 Fuß im Durchmesser aus beträchtlicher Tiefe empordringt. Vor etwa 1000 Jahren, so erzählt die Sage, war der ganze Talkessel, in dem nun Blaubeuren liegt, bis hinab zu dem etwa eine halbe Stunde entfernten Gerhausen von einem finstern See bedeckt. Düster bewaldete Berghänge und kahle Felswände spiegelten sich in seinen Wassern, und von den kühnsten Gipfeln am Seeufer schauten 3 gewaltige Burgen herab: Ruck, Gerhausen und Blaustein. Die Herren der Schlösser, Angehörige *eines* Geschlechtes, hatten vom Herzog von Schwaben die Pfalzgrafschaft Tübingen bekommen und waren nun von den unheimlichen Gestaden des Sees ins liebliche Neckartal gezogen. Nur ab und zu kehrte einer oder der andere von ihnen für einige Wochen in die väterlichen Hallen zurück, um in den umliegenden Forsten der fröhlichen Jagd zu pflegen. So hatte sich auch an einem schönen Sommermorgen der Graf Sigiboto mit einem herrlichen Gefolge in der alten Heimat eingefunden. In der Burg Blaustein, die sich auf zwei steil über dem See aufragenden Felsspitzen erhob, nahm er Wohnung. Bald erscholl durch die Wälder und über den See hin das wilde Gekläff der Rüden, der Halloruf der Jäger und der Klang der Hörner. Die Nacht fand die fröhliche Gesellschaft bei Trunk, Spiel und Sang in den Hallen der Burg versammelt.

Nun hatte der Graf auch eine liebliche Tochter, Berta, bei sich. Sie stand in der Blüte ihrer Jugend und galt für eine der schönsten und tugendhaftesten Jungfrauen Schwabens. An dem lauten Treiben von Jagd und Festen fand sie wenig Geschmack. Oftmals, wenn die andern sich lärmend im Schlosse unterhielten, schlug sie einsam den Weg nach dem Ufer des Sees ein, setzte sich in den Schatten eines alten Ahorns und schaute träumend hinauf zu den wandernden Wolken und hinab auf den See, dessen Spiegel bald im hellsten Blau, bald im düstersten Schwarz erglänzte, und in welchem Himmel, Felsen, Bäume und Schloss in wunderbarer Deutlichkeit sich malten. So saß sie an einem warmen Sommerabend wieder am stillen Seeufer und schaute hinunter in die geheimnisvollen Tiefen. Da war es ihr auf einmal, wie wenn das Wasser immer heller und heller würde und ihr Blick immer tiefer und tiefer hinabsänke. Und drunten auf dem Grunde des Sees zeigte sich ihren erstaunten Augen inmitten grünender Auen ein kristallenes Haus mit prächtigen Säulen und leuchtenden Mauern, und aus demantenen Fenstern schauten viele schöne Knaben heraus, die lockten und sangen: »Komm, Rose aller Rosen, herab ins Königsschloss, komm Schönste aller Schönen, sei unsre Königin!« Und nun fingen die Wasser an zu rauschen. Es quoll und schwoll herauf, und plötzlich tauchte aus dem Spiegel des Sees ein schöner Jüngling auf. Seine braunen Locken durchschlang ein goldenes Stirnband, und um den Leib wallte ein himmelblaues Gewand. Berta konnte kein Auge von der herrlichen Gestalt wenden. Mit freundlichem Blick trat der Jüngling auf die regungslos Dasitzende zu und berührte mit seinen Lippen ihre Stirne. Da erwachte sie plötzlich aus ihren Träumen. Das liebliche Bild war verschwunden. Über ihr glänzten die Sterne, unter ihr glitzerte der See, und der Duft der wilden Rose erfüllte die laue Luft mit Wohlgeruch.

Von diesem Tage an war Berta noch stiller und ruhiger als vorher. Sie gestand jedoch niemanden, was sie gesehen, und auch der Vater wusste nicht, wie er sich das träumerische Wesen seiner Tochter erklären sollte. So kam allmählich der Tag heran, an dem Berta ihren 18. Geburtstag feiern sollte. Der Vater wollte diesmal das Fest mit besonderer Pracht halten. So lud er denn die edelsten Jungfrauen und Jünglinge Schwabens auf den Blauenstein; denn er gedachte, es möchte vielleicht Berta einen der Ritter zum Gemahl sich wählen und auf diese Weise ihre frühere Fröhlichkeit wieder erlangen. Am Abend vor dem Geburtstage erstrahlte der Saal der Burg im hellsten Glanze. Man hatte sich versammelt, um durch Tanz und frohen Scherz das eigentliche Fest einzuleiten. Die Musik spielte, und Berta eröffnete, festlich geschmückt, den Reigen mit ihrem Vetter, einem Grafen von Calw. Hocherfreut, dass Berta sich entschlossen hatte, an dem Vergnügen des Abends teilzunehmen, trat der Vater, eine kostbare goldene Schale voll edlen Weines in der Linken, auf seine Tochter zu, ergriff sie an der Hand und sagte bittend: »Liebes Kind, schau' umher im Kreise der Ritter, und welchen du dir zum Gemahl erküren willst, dem reiche die Schale zum Trunke, auf dass wieder Freude einkehre in deinem Herzen und in meinem Schlosse.« Der Vater trat unter die Gäste zurück. Die

Jungfrau aber stand da, das Angesicht glutübergossen, den Blick in tiefster Verwirrung zu Boden gesenkt. Leise zitterte die mit Wein gefüllte Schale in ihrer Hand. Wählen sollte sie unter den anwesenden Rittern, und doch gehörte ihr Herz schon dem Königssohn auf dem Grunde des Sees. Eine Träne perlte unter den gesenkten Wimpern hervor und fiel in die Schale. Da horch! Es ertönten von ferne die vollen Klänge einer Harfe. Von unsichtbarer Hand geöffnet sprangen die Türen auf, und ein braun gelockter Jüngling mit goldenem Stirnband und blauem Mantel trat in den Saal. Leicht verneigte er sich zum Gruß gegen die anwesenden Gäste, und seinen feurigen Blick fest auf Berta gerichtet, sang er zu den Tönen seiner leuchtenden Harfe mit kristallreiner Stimme ein Lied. Was er sang, Berta hörte es kaum. Aber beim Klang der Stimme und beim Anblick des Sängers, da drängten sich alle die Bilder aus dem Grunde des Sees in ihre Seele: die blumenbedeckten Wiesen, die Demanthallen des Palastes, die jugendfrohen Gesichter der Knaben im tiefen Schlosse, Rosendüfte und Sphärenmusik. Marmorne Blässe und glühende Röte wechselten auf dem Gesichte der Jungfrau, und ihrer Sinne nicht mehr mächtig stürzte sie vor dem Sänger auf die Kniee, hielt ihm die Schale dar und rief: »Trink, trink und nimm mich mit dir!« Der Königssohn schlang seinen Arm um die knieende Berta, zog sie zu sich herauf und schlürfte in vollen Zügen vom Nass der Schale. Und als er sie bis auf den letzten Tropfen geleert hatte, da zuckte ein blendender Strahl durch den Saal, und ein Donnerschlag erschütterte die Festen des Schlosses. Und als der Graf und seine Gäste wieder zu sich gekommen waren, waren Berta und der Sänger verschwunden. Vom See herauf aber gellte ein Schrei und in dumpfem Rauschen quollen und brodelten die Wasser aus der Tiefe, als wollten sie über ihre Ufer schäumen. Dann wurde es ruhiger und ruhiger auf dem Spiegel, und aus dem Grunde herauf stiegen wundersame Harfenklänge und Gesänge, bis zuletzt die Nacht wieder stumm wie zuvor über dem See lag. Durch das Schloss aber züngelten die Flammen des Blitzstrahls, und weithin über die Wasserfläche glitzerte der Widerschein der brennenden Gebäude. Am Morgen lag Blauenstein in Schutt und Asche.

Mehr noch als die Ruinen seines väterlichen Schlosses schmerzte den Grafen der Verlust seines geliebten Kindes. Suchend und rufend irrte er andern Tags durch die Wälder, und als er endlich nicht mehr darüber im Zweifel sein konnte, wohin seine Tochter gegangen, da brach er vor Schmerz und Jammer zusammen. »Verloren! Ewig verloren! Von der Hölle verführt! Ach, warum hat der Blitzstrahl nicht mein Haupt getroffen!« so klagte er einmal über das andremal. Das Leben hatte für den Pfalzgrafen keinen Wert mehr. Er ging ins Kloster Laichingen, das er wenige Jahre zuvor gegründet hatte, um Gott Tag für Tag auf den Knieen anzuflehen, er möge seine Tochter aus den höllischen Banden der unterseeischen Macht befreien.

Am Ufer des Sees aber ging eine merkwürdige Veränderung vor sich. Der Wasserspiegel senkte sich mehr und mehr, und die große Fläche des Sees zog sich zu einem kleinen Kessel zusammen, aus dem in munterem Laufe ein rasches Flüsschen abfloss. Zwischen den düsteren Berghängen und Felsschroffen entstand ein liebliches Tal, bedeckt mit saftigen, grünen Wiesen, und wenn die Sonne darüber hinleuchtete, war es anzusehen wie ein Garten Gottes.

Als der Graf von der wunderbaren Umwandlung erfuhr, da beschloss er, unmittelbar neben dem Blautopf ein Kloster errichten zu lassen. Hier fuhr er nun fort, den Himmel um Erlösung seiner Tochter zu bitten, und um die Mitternachtsstunde und an hohen Festtagen vernahm er oft seufzende und klagende Töne, die aus der Tiefe des Sees emporzusteigen schienen. Am Fest Mariä Himmelfahrt lag Graf Sigiboto wieder auf den Knien vor dem Bilde der Gottesmutter und betete. Draußen brauste der Sturm und trug klagende Klänge vom See herüber. Sie schnitten dem Vater durch die Seele, und blutige Tränen benetzten den Saum am Kleid der Maria. Da öffneten sich auf einmal die Lippen des Gnadenbildes und sprachen die süßen Worte zu dem im Gebet Knieenden: »Sie ist gerettet.« Vom See her aber scholl ein jauchzender Jubel auf. Am andern Morgen fand man den Grafen Sigiboto tot vor dem Betaltar. Im Chor der Klosterkirche liegt er begraben.

Nach »Vorzeit und Gegenwart« von P. Barth.

Die Blautopfbeschwörung im Jahr 1641.

Im Märzen des Jahres 1641 ging über den weiten Schneeflächen der Alb ein großer Regen nieder. Das Schneewasser sprang in trüben Fluten zu Tal, und die Erdlöcher schluckten eine Unmenge Wassers. Aus den Bergen aber sprangen die Quellen, und die Bäche schwollen hoch an. Damals lief auch der Blautopf bei Blaubeuren so stark und reich, wie nie in allen Jahrhunderten zuvor, und seine Wasser drohten, die Stadt und das Kloster zu überfluten. Schon waren dem tobenden Element zwei Mühlen zum Opfer gefallen, und alle Maßregeln wollten nicht helfen gegen des Wassers Gewalt. Täglich spie die Quelle größere Wassermengen aus. Da ließ die Geistlichkeit in die Kirchen rufen. Die Klosterglocken läuteten, und es wurde ein Bettag gehalten. Umsonst. Da machte jemand den Vorschlag, man solle zum Blautopf eine Prozession veranstalten. Die Priester mit Kreuz und Fahne voraus und hinter ihnen ein langer Zug betender Bürger samt dem Stadtmagistrat, so zogen sie hinüber zu dem Quelltopf. Allda wurde die Gottheit angerufen, es wurden lateinische Psalmen gesungen und hernach zwei Becher aus köstlich getriebenem Gold in die kochenden Wasser geworfen, dem zürnenden Blaumann als Gabe. Und siehe! Wie die Becher zur Tiefe sanken, so legte sich das Toben der Wasser, und binnen Kurzem lag der Spiegel des Blautopfs wieder glatt und leuchtend wie ehedem.

C. Schnerring.

Jörg Syrlin

Im Jahr 1085 erbauten drei Brüder aus dem Geschlecht derer von Ruck und Gerhausen, Sigiboto, Anselm und Hugo, hart am Quell der Blau, das Kloster Blaubeuren und weihten es dem Täufer Johannes. Dieses Kloster gelangte im Lauf der Zeiten zu ansehnlichem Reichtum, sodass im 15. Jahrhundert die Mönche beschlossen, ihren Wohnsitz größer und schöner zu gestalten. Das Kloster wurde umgebaut, und heute noch bewundern wir die herrliche Johanneskirche mit ihrem hoch gewölbten Chor und dem kunstvollen Schnitzwerk ihrer Stühle und Altäre. Die Perle der Klosterkirche ist aber der dem Täufer geweihte Hochaltar, ein

Meisterwerk mittelalterlicher Holzschneidekunst. Georg Syrlin, ein Kind der nahen Reichshauptstadt Ulm, hat seinen Namen durch dieses Kleinod unsterblich gemacht. In der Nähe des Altares, bei der Sakristeitüre, befindet sich Syrlins Bild von seinen eigenen Händen geschnitzt und dabei in lateinischer Sprache die Inschrift: Im Jahre des Herrn 1493 sind diese Stühle von Georg Syrlin aus Ulm, einem sehr tüchtigen Meister in dieser Kunst, verfertigt worden. Dieses Selbstbildnis hat Veranlassung zu nachfolgender Sage gegeben. Nachdem Syrlin sein kunstvolles Werk vollendet hatte, fragten ihn die Mönche, ob er sich wohl getraue, einen noch herrlicheren Altar zu schnitzen. Im Gefühl seiner inneren Kraft antwortete der Künstler mit einem zuversichtlichen Ja. Die Mönche aber waren darüber keineswegs erfreut. Sie fürchteten vielmehr, Syrlin könnte für ein anderes Kloster gewonnen werden und etwa diesem dann ein Kunstwerk schaffen, welches das ihrige an Schönheit und Ruhm übertreffen möchte. Voll Neides und Argwohns ergriffen sie den Künstler und stachen ihm die Augen aus. Und damit ihr Verbrechen nicht kund würde, hielten sie den Geblendeten vor allen Besuchern des Klosters verborgen. Nur des Nachts war ihm gestattet, aus seiner einsamen Zelle hervorzukommen. Meister Syrlin aber schnitzte heimlich bei dunkler Nacht in einen Stuhl dicht bei der Sakristeitüre sein eigenes Bildnis, ein gebrochenes, tief trauerndes und geblendetes Männlein, und offenbarte so der Nachwelt den Undank der schändlichen Mönche.

P. Barth.

Die Blaubeurer Madonna.

Vor Zeiten stand am Ufer der Blau ein schmuckes Kirchlein, St. Nikolaus geweiht. Nebenan lebte ein Einsiedler, der hütete als köstlichsten Schatz ein gnadenreiches Bild der Jungfrau Maria. Doch als das Kloster ward erbaut, da brachte man das Bildnis der benedeiten Gottesmutter unter frommen Gesängen hinüber in die Klosterkirche. Und allda kamen die Frommen zuhauf und hatten, dieweil der Glaube selig macht, der himmlischen Gnaden gar viele zu erfahren. Da geschah es nun, dass ein Priester befahl, man solle Mariä

Gnadenbild den sündigen Augen der Menschen entziehen und es an einen andern Ort verbringen. Aber siehe, sowie man daran ging, diesen Befehl zu vollziehen, da fingen alsbald die Wasser des Blautopfs, die doch eben noch still aus der geheimnisvollen Tiefe gestiegen waren, an zu kochen und zu zischen, und der Schreckensruf lief durch die Stadt: »Der Topf siedet!« Die Leute erschraken nicht wenig und liefen zusammen. Als gar das Blauflüsschen über seine Ufer trat, begann man, die Habseligkeiten zusammenzupacken.

Der Blautopf tobte solange, bis Mariä Wunderbild wieder an seinen Platz im Kloster gestellt worden war; dann gingen die Wasser zurück und liefen wieder friedlich zu Tal wie ehedem. Seit dieser Zeit aber steht die Gottesmutter immer an ihrem Ort, und alljährlich fahren an Mariä Heimsuchung der frommen Waller viele zu der gütigen Madonna von Blaubeuren.

Der Wunderstein im Blautopf.

Es begab sich einmal vor vielen Jahren, als die Grafen von Helfenstein das Städtchen Blaubeuren samt der ganzen Herrschaft noch innehatten, dass zwei Brüder des selbigen Geschlechts miteinander zum Ursprung der Blau kamen. Da ersah der eine von ihnen von ungefähr einen bunt gefärbten Stein zu allernächst am Quell. Er bückte sich darnach und hob ihn auf. Aber, o Wunder! In dem Augenblick, da er den Stein in die Hand nahm, entschwand seine Gestalt den Blicken seines Bruders; denn er war plötzlich unsichtbar geworden. Da erschrak der andere Bruder und rief dem ersten zu, wo er denn so rasch hingekommen sei. Darauf antwortete der Angerufene, dass er zu allernächst bei ihm, dem Rufer, stehe. Des verwunderte sich der erste nun noch mehr, weil er den Bruder zwar hören, nicht aber sehen konnte, und er begehrte zu wissen, wie er das zuwege gebracht habe. Da gab ihm der Bruder den Stein auch in die Hand, und alsbald, da ihn der andere nahm, wurde auch dieser unsichtbar und der erste Bruder wieder sichtbar. Da wussten sie es, dass die Wunderkraft in dem Stein ruhe. Aber sie konnten über den Fund zu keiner vollkommenen Freudigkeit kommen und fassten den Entschluss, sie wollten sich des Steins und seiner Kraft begeben, um dadurch vielem Unheil vorzubeugen, ihr Geschlecht vor Unehr und dem Geschrei der Hexerei und Zauberei zu bewahren. Damit warfen sie den Wunderstein in den Ursprung der Blau, und dort ruhet er bis zum heutigen Tag.

Nach der Zimmerschen Chronik von C. Schnerring.

Der Ritter von Gerhausen

Ein Ritter von Gerhausen war ein gar lebensfroher Herr. Bei Becherklang und Tanzgelagen floss sein Leben dahin, und die Jagd war sein liebstes Vergnügen. Da warf ihn in der Blüte seiner Jahre ein schwerer Unfall aufs Krankenlager, und statt zu gesunden, wurde er täglich kränker. Es ging, das sah man wohl, mit ihm zum Sterben. Als nun ein Priester es unternahm, den Ritter mit seinem Schicksal bekannt zu machen, da fing der Ärmste an zu toben, zu wettern und zu fluchen. »Ich will, ich will nicht sterben,« schrie er, »ich ringe mit dem Tod!« Man zeigte ihm das Bild des Gekreuzigten und ermahnte ihn, geduldig zu sein wie der Heiland, der ohne Murren für die Sünden anderer gestorben sei. Aber der Ritter stieß das Kruzifix von sich: »Mich lässt du feig verderben,« fluchte er, »und dich hast du aus Todesbanden einst befreit! Aber ich schwör's: Wenn du mich sterben lassest, so stehe ich in drei Tagen auf wie du!« Noch kaum war ihm das frevle Wort entfahren, da sank er auf sein Lager zurück, und seine Seele entfloh. Zu Blaubeuren in der Klosterkirche rüsteten sie die Gruft zur linken Hand des Hochaltars, und allda begruben sie ihn. Und sieh! Am dritten Tage, da hub sich der Stein über der Gruft, und in der dunkeln Tiefe lag des Ritters Leib von Schlangen umwunden, die schienen das Gerippe im Grabe festzuhalten. Die Kunde von dieser Begebenheit lief von Mund zu Mund und Grausen erfüllte die Gemüter. Zum ewigen Gedächtnis daran und als eine Mahnung an die Menschen, dass Gott seiner nicht spotten lässt, ließen nun die Blaubeurer Mönche das Bild des Ritters von Gerhausen in Stein hauen. »Von Ottern und von Schlangen zeigt es den Leib umstrickt, gefesselt und umfangen, wie man ihn einst erblickt.«

C. Schnerring nach G. Schwab.

Der Student von Ulm

In der schönen Reichsstadt Ulm am Donauflusse lebte zu Anfang des 16. Jahrhunderts der Bürgermeister Ludolf Ullmann. Er war durch Heirat, Klugheit und Glück zu einem Reichtum gekommen, wie ihn kein zweiter Bürger von Ulm aufweisen konnte. Denn ihm gehörten die schönsten Häuser und die kostbarsten Warenlager in der Stadt, und außerhalb Ulms besaß er zudem noch große Rittergüter mit festen Schlössern. Auf seinen Reichtum war Ullmann nicht wenig stolz. Mit Geringschätzung schaute er auf die herab, die nicht wie er mit Glücksgütern gesegnet waren, und da er auch hart und streng war, so war er bei der Bürgerschaft wenig beliebt. Sein finsterer, stechender Blick hatte etwas Unheimliches. Schritt er in seinem dunkeln, mit kostbarem Pelzwerk verbrämten Mantel, die goldene Amtskette um den Hals, durch die Stadt, so ging ihm alles scheu aus dem Wege; denn man wusste, dass mit ihm nicht gut Kirschen essen war. Von seiner kalten Herzlosigkeit erzählte man sich aus seiner Jugendzeit eine böse Geschichte. Ein Mädchen aus guter Familie, der er die Ehe versprochen, hatte er einstens verstoßen, um eine reichere heiraten zu können. Vor Schmerz und Scham war die Ärmste davongelaufen und seitdem verschollen. Allgemein wurde in Ulm angenommen, sie sei mit ihrem kleinen Kinde zur Donau gegangen und habe sich dort ertränkt.

Zu der Zeit, da nachfolgende Geschichte sich zugetragen, wohnte bei Ullmann ein Student. Er war fremd in der Stadt, hatte weder Vater noch Mutter und wusste von seiner Herkunft nur soviel, dass seine Mutter im Frankenland in einem Kloster gestorben war, wo sie als Flüchtling mit ihm als kleinem Kinde Aufnahme gefunden hatte. Von den barmherzigen Klosterleuten war der verwaiste Knabe auferzogen worden. Sie hatten ihn auch, da er gute Gaben zeigte, im Lesen und Schreiben unterrichtet, und dann war er als fahrender Schüler hinausgezogen in die Welt, hatte die hohen Schulen zu Pavia, Paris und Prag besucht und war nach Ulm gekommen, um hier einen Bekannten aufzusuchen. Dem Bürgermeister gefiel der junge Mann, und da er schon lange einen tüchtigen Lehrer für seine Kinder suchte, so nahm er ihn auf in sein Haus. Nun hatte Ullmann eine Tochter, eine Jungfrau von etwa achtzehn Jahren. Sie fand Wohlgefallen an dem Studenten, da er nicht nur in aller Weisheit und in allen Künsten wohl erfahren, sondern auch ein herrliches Bild männlicher Kraft und Schönheit war. Sie verhehlte diese Gefühle auch ihrem Vater gegenüber nicht, als er eines Tages von ihr verlangte, sie solle dem Sohn eines reichen Ulmer Patriziers die Hand zur Ehe reichen. Der stolze Bürgermeister war über das Geständnis seiner Tochter nicht wenig entrüstet. Er misshandelte das Mädchen in rohester Weise, und den Studenten schalt er, als er ihn zur Rede stellte, einen hergelaufenen Menschen und ehrlosen Schuft. Der Student war über diese Beleidigung aufs Tiefste empört, um so mehr, als es ihm nie in den Sinn gekommen war, sein Auge zu der Tochter des reichen Bürgermeisters zu erheben. Er war zwar dem holden Mädchen gut, aber nicht anders als wie einer Schwester. Überwältigt vom Zorn rief er aus: »Wer ein armes Mädchen ins Elend hinausgetrieben hat, um dadurch Reichtum und Ansehen zu gewinnen, der ist ehrlos, nicht ich!« Über diese kühnen Worte wurde Ullmann blass vor Wut. Gern hätte er den Jüngling sofort seine Macht fühlen lassen, aber er scheute das Gerede in der Stadt. So beherrschte er sich, wies den Studenten aus dem Zimmer und sann nun darauf, wie er an ihm insgeheim Rache nehmen könnte.

Den Studenten litt es nach diesem Vorfall nicht mehr länger in Ullmanns Hause. Er verließ noch an demselbigen Tag die Stadt. Schon hatte er die Mauern und Tore hinter sich und wanderte, das Felleisen auf dem Rücken und den Knotenstock in der Hand, emsig die Straße dahin. Da hörte er plötzlich hinter sich Pferdegetrappel, und als er sich umwandte, sah er einen Trupp Reiter auf sich zusprengen. Es waren Ulmische Stadtreiter, die ihm nachgejagt kamen, und ihn, als sie ihn erreicht hatten, im Namen des Ulmer Stadtgerichtes gefangen nahmen. All' seinen Fragen, warum dies geschehe, setzten sie eisiges Schweigen entgegen. Gebunden wie einen Mörder brachten sie ihn nach Ulm zurück, wo er die Nacht über in den Gefängnisturm geworfen wurde. Am andern Morgen wurde er herausgeholt und vors Gericht gebracht, und da erfuhr er nun zu seinem großen Erstaunen, dass er beschuldigt sei, dem Bürgermeister Ullmann einen kostbaren goldenen Becher gestohlen zu haben. Der Student erkannte sofort die Rache des Bürgermeisters und bestritt entrüstet seine Schuld. Als man aber sein Felleisen hereinbrachte und es vor seinen Augen auspackte, wie erschrak er da, als sich in ihm der vermisste Pokal fand! »Ich weiß nicht,« sagte er, »wie der Becher in mein Bündel gekommen ist; ich selber habe ihn nicht hineingetan. Meine Unschuld kann Gott bezeugen!« Als er trotz aller Mahnungen, die Wahrheit zu gestehen, bei der Beteuerung seiner Unschuld verblieb, wurde er am andern Tag in die Folterkammer gebracht. Dort standen die Henker mit allerlei Marterwerkzeugen bereit, ein Geständnis seiner Schuld von ihm zu erpressen. Zuerst zogen sie ihm die eisernen Stiefel an, trieben dann zwischen das Eisen und das Schienbein des Armen mit schweren Hammerschlägen einen dicken Keil, der das Bein fürchterlich zerquetschte. Trotz der unsagbaren Qualen ließ der Gefolterte sich nicht herbei, eine Schuld zu gestehen. Ja, seine Standhaftigkeit ging so weit, dass ihm nicht einmal ein Schrei des Schmerzes entfuhr. Darum wurden noch andere Folterqualen an ihm versucht, aber mit keinem andern Erfolg als dem, dass der arme Jüngling endlich vor Schmerz und Schwäche bewusstlos zusammensank und blutig und an allen Gliedern zerschunden von den Henkern zurück in seinen Kerker getragen werden musste. Das Gericht hielt aber durch die Auffindung des Bechers im Felleisen des Studenten die Schuld für erwiesen; es verzichtete auf ein Geständnis und sprach über den Gefangenen das Todesurteil aus.

Nach etlichen Tagen wurde das Urteil vollzogen. Der Student wurde aus dem Gefängnis auf das Rathaus gebracht, und es wurde ihm der Spruch der Richter vorgelesen. Hierauf setzte man ihn auf den Schinderkarren und führte ihn unter großem Zulauf des Volkes zum Tore hinaus auf den Richtplatz. Dort stand schon der Scharfrichter bereit, im roten Wams, mit aufgestülpten Ärmeln und das Schwert in der Hand. Der Verurteilte wurde vom Karren genommen und in den Kreis geführt, den die Stadtreiter bildeten. Schon wollte er sich auf den Armsünderstuhl setzen, als er nicht ferne von sich den Bürgermeister Ullmann zu Pferd erblickte. Der rachsüchtige Mann hatte es sich nicht versagen können, die Hinrichtung seines Opfers mit anzusehen. Beim Anblick seines grausamen Feindes erwachte in dem armen Studenten die ganze Leidenschaft seiner gemarterten Seele. Er sprang auf, trat gegen den Bürgermeister vor und rief mit donnernder Stimme: »Fluch sei dir, Ludolf Ullmann, grimmiger, ewiger Fluch, dir und deinem Geschlecht! Der Rächer der Unschuld soll dich mit des Wahnsinns furchtbarer Geißel schlagen, bis du zur Grube fährst und mir Rechenschaft gibst vor dem Richterstuhl des gerechten Gottes!« Dann setzte er sich wieder auf den Stuhl, das Schwert des Richters blitzte, und im nächsten Augenblick rollte sein Haupt auf den Boden.

Der Bürgermeister Ullmann hatte die Worte des Studenten vernommen. Wie die Posaune des Weltgerichts klangen sie in seinen Ohren. Gelähmt vor Schrecken hing er auf seinem Pferde, das bleiche verzerrte Gesicht dem Richtstuhle zugewandt. Als der Kopf fiel, ging ein Schauder durch seinen Leib. Er spornte das Pferd durch die Menge, dass sie aufkreischend auseinander stob, und jagte in sausendem Galopp der Stadt zu. Auf der Treppe seines Hauses kam ihm händeringend seine Frau entgegen. Seine Tochter war vor Gram und Schmerz tobsüchtig geworden und gebärdete sich wie unsinnig. Als er zu ihr ins Zimmer trat, lief sie schaudernd vor ihm davon. »Fort von ihm!« rief sie, »er ist voll roten Bluts!« Ullmann schloss sich entsetzt in sein Zimmer ein und öffnete erst, als ein Bote kam und ihm im Auftrag des Stadtgerichts ein goldenes Medaillon brachte. Der Student hatte es als einziges Angedenken an seine Mutter stets auf der Brust getragen. Er hatte das Gericht vor seinem Ende gebeten, es in Ullmanns Hause zu tragen und dem jungen Fräulein zu übergeben. Der Bürgermeister wagte nicht, das Vermächtnis des Gerichteten anzurühren, und hieß den Boten, es auf den Tisch legen. Doch als der Mann fort war, zog es ihn mit magischer Gewalt zu dem Medaillon hin. Zitternd nahm er es in die Hand und drückte an dem Schlosse. Da sprang es auf und vor ihm stand das Bildnis eines wunderschönen Mädchens mit langem Goldhaar und lachenden blauen Augen. Doch was war das? Der Bürgermeister fing auf einmal an am ganzen Leibe zu zittern, sein Haar sträubte sich in die Höhe und mit einem lauten Aufschrei sank er in einen Sessel. Der Anblick des Bildes hatte seine letzte Kraft gebrochen, erkannte er doch in ihm das unglückliche Mädchen wieder, das er einst verstoßen hatte. Ihr Sohn, der Student, war also *sein* Sohn gewesen, und er hatte seinen eigenen Sohn dem Schwerte des Henkers überantwortet. Zerschmettert von der Wucht dieser Schicksalsschläge saß Ullmann in seinem Sessel. Er hörte nicht, wie seine Frau kam und ihn rief; er wusste nicht, dass die Nacht herniedersank und wieder der Morgen kam. Stumm starrte er vor sich hin. Nur von Zeit zu Zeit hob ein tiefer Seufzer die gemarterte

Brust, und mit hohler Stimme sagte er: »Ewig verloren! Ich habe die Mutter und den Sohn gemordet!«

Die furchtbaren Begebnisse in Ullmanns Haus waren unterdessen auch in der Stadt bekannt geworden. Die Leute sagten: »Das ist Gottes Finger!« Und als noch ein Diener Ullmanns gestand, er habe im Auftrag des Bürgermeisters dem Studenten vor seiner Abreise den Pokal in das Bündel gesteckt, da war die Unschuld des Studenten klar und offenbar. Man gab der Leiche des unschuldig Gerichteten ein ehrliches Grab auf dem Friedhof der Stadt und setzte darauf einen Gedenkstein, der noch lange Zeit zu sehen war. Der Bürgermeister Ullmann verblieb bis zu seinem Tode in seiner geistigen Umnachtung. Seine Tochter aber verschied kurze Zeit nach dieser schrecklichen Begebenheit und wurde an der Seite des Studenten, ihres Bruders, begraben. Mit Vater und Tochter starb jedoch der Wahnsinn in der Ullmannschen Familie nicht aus. Von Geschlecht zu Geschlecht erbte sich die fürchterliche Krankheit fort, ein Zeugnis dafür, wie Gott die Sünden der Väter heimsucht an den Kindern bis ins dritte und vierte Glied.

Nach J. Scherr von K. Rommel-R.

Die steinernen Jungfrauen im Brenztale

Etwa zwei Stunden unterhalb der Stadt Heidenheim liegt im romantischen, mit Felsen, Wald und Wiesengrün gezierten Brenztale die Eselsburg. Sie steht auf hohem Felsen, ist aber jetzt nur noch eine Ruine, überwachsen von dichtem Gebüsch und den üppigen Ranken des Brombeerstrauches. Einst war sie ein schmuckes Schloss mit hohen Türmen und glänzenden Zinnen und wurde bewohnt von einem ritterlichen Geschlechte, das sich den wunderlichen Namen »Esel von Eselsburg« zugelegt hatte. Der letzte Spross dieses alten Hauses war ein Fräulein, von dem die Sage vieles zu berichten weiß. In ihrer Jugend war sie von Freiern viel umworben, denn sie war die alleinige Erbin der Burg und der Güter. Doch stieß ihr harter, männlicher Sinn die Werber alle ab, sodass das Fräulein zu keiner Heirat kam und eine alte Jungfer werden musste. Das erfüllte sie mit Zorn und Scham, und sie ließ sich von nun an vor keinem Menschen mehr sehen. Voll Hass auf die Männer saß sie rachebrütend in ihrer Stube, umgeben von dicken Büchern mit geheimnisvollen Schriftzeichen. Aus ihnen wollte sie erfahren, wie man wunderbare Macht erlangen, Zauber tun und den Menschen Unheil und Schaden zufügen könne. Oft kochte und mischte sie in merkwürdig geformten Gefäßen allerlei Pulver und Säfte, zu denen sie in mondhellen Nächten drüben auf dem gespenstischen Buigenberge Kräuter und Steine gesammelt hatte. Mit Grauen sprachen die Leute des Dorfes, denen sie eine unbarmherzige Herrin war, von ihrem unheimlichen Tun, und es war ihnen eine ausgemachte Sache, dass sie mit dem Teufel selbst im Bunde stehe.

Nun waren einmal auf der Burg zwei junge Mädchen im Dienst. Die mussten allabendlich zur Brenz hinabsteigen und in einem Kübel das Wasser für den andern Tag holen. Es war ihnen nun vom Burgfräulein aufs Strengste verboten, mit jemanden zu sprechen, und ganz besonders sollten sie die jungen Burschen meiden, die das Fräulein, wie alle Männer, aufs Tiefste hasste. Die Mädchen befolgten auch lange Zeit pünktlich das Gebot ihrer Herrin; denn sie fürchteten sich vor der Strafe, die sie ihnen im Falle des Ungehorsams angedroht hatte. Als aber eines Tages ein junger Fischer an der Wasserstelle sein Netz auswarf, mit den Mädchen scherzte und ihnen muntere Lieder vorsang, vergaßen sie das Gebot und die Drohung ihrer Herrin und ließen sich mit ihm in ein Gespräch ein. Jeden Abend fand sich nun der Fischer am Flusse ein, und die Mädchen konnten es kaum erwarten, bis sie mit ihren Eimern zu ihm herniedersteigen konnten.

Bald aber schöpfte das Fräulein Verdacht. Eines Abends, als die Mädchen sich wieder eilig davon machten, schlich sie ihnen nach und sah nun mit Ingrimm, wie die Mädchen mit dem Fischer lachten und scherzten. Mit raschen Schritten trat sie aus dem Versteck hervor und auf die Erschrockenen zu. »Werdet zu Stein,« rief sie ihnen zu, »da ihr mein Gebot verachtet habt!« Sie murmelte einige Zauberworte: Ein heftiger Blitz und Donnerschlag, und die vor Schreck erstarrten Mädchen wuchsen empor, riesengroß, verwandelt in hartes Felsgestein.

Noch jetzt stehen an der Straße, die sich am Brenzufer hinzieht, die zwei Felsen. Sie gleichen zwei Mädchen, die einen Wasserkübel tragen. Man nennt sie allgemein in der Gegend die »steinernen oder die spitzigen Jungfrauen« und erzählt sich, dass sie manchmal des Nachts seufzen und stöhnen.

Die Eselsburg soll noch in derselben Nacht, da diese Geschichte sich ereignet hat, durch ein heftiges Gewitter zerstört worden sein. Das Burgfräulein aber soll der Teufel bei lebendigem Leibe geholt haben.

Nach Magenau von K. Rommel-R.

Königsbronner Sagen.

Die Klage auf Herwartstein.

Unweit des alten Klosters Königsbronn, hoch über dem Ort, wo die Brenz in einem blau schimmernden See zutage tritt, erhebt sich der Herwartstein. Es ist dies ein senkrecht aufsteigender Felskoloss, der mit seinem Fuß im Gebirge des Aalbuchs wurzelt, mit seinem Haupt aber vom Rande desselben absteht und dazu noch absichtlich durch einen Graben von ihm getrennt ist. In altgermanischer Zeit war er wohl ein heidnischer Opferstein; im Mittelalter aber trug er eine Burg, deren Herren die Ritter vom Herwartstein hießen. Sie waren ein wildes Geschlecht, die Geißel der Bauern und der Schrecken der Wanderer, die durchs Brenztal zogen.

Am schlimmsten von allen trieb es der Ritter Adelbert. Er scheute sich nicht vor Gott und fürchtete sich vor keinem Menschen. Ritt er hinab ins Tal, so war es ihm ein Vergnügen, sein Pferd querfeldein durch die Saat und das reifende Korn zu treiben, und bat ihn der Landmann jammernd und händeringend um Gnade und Schonung, so hieb er ihm die Peitsche um die Ohren und ritt hohnlachend davon. Sein Burgverlies war stets gefüllt mit Gefangenen, die er an der Straße aufgegriffen und auf die Burg geschleppt hatte, um Lösegeld von ihnen zu erpressen. War ihm ein guter Fang gelungen, dann saß er Tag und Nacht mit seinen Gesellen bei Trunk und Spiel, und ihr rohes Lachen, Fluchen und Toben erfüllte die ganze Burg.

Diesem wüsten Treiben war Kunigunde, des Ritters liebliches Töchterlein, ganz und gar abhold. Sie hatte das fromme Gemüt ihrer verstorbenen Mutter geerbt und tat alles, um gut zu machen, was der Vater und die Brüder gesündigt hatten. Wenn sie auf Beute auszogen, so stieg sie mit einem Korb am Arme ins Tal hinab, besuchte die Armen und Kranken und erquickte sie mit Trost und reichen Gaben. Auch den Gefangenen in der Burg war sie ein milder Engel, der ihnen die Qualen der furchtbaren Kerkerhaft auf jede Weise zu erleichtern suchte.

Eines Tages, als sie wieder allein zu Hause war, führte sie einen Greis, der im dumpfen Burgverlies krank geworden war, herauf in den Burghof. Dort bei der Linde am Brunnen setzte sie ihn auf die Bank in den Sonnenschein und war voll inniger Freude, als sie sah, wie wohl die frische Luft und die warme Sonne dem Alten bekamen. Eben schenkte sie einen Becher mit stärkendem Wein ein, als sich auf der Brücke der Hufschlag eines Pferdes vernehmen ließ und gleich darauf ihr Vater zum Tore hereingesprengt kam. Sein Antlitz war rot von Wein und Zorn; denn der Anschlag, den er hatte ausführen wollen, war ihm misslungen. Als er den Gefangenen im Hofe sah und seine Tochter bei ihm, ergriff ihn neuer Zorn. Er riss das Schwert aus der Scheide und eilte auf den Alten zu, um seine Wut an ihm zu kühlen. Kunigunde, dies bemerkend, warf sich mit gerungenen Händen dem Vater entgegen. Doch es war zu spät, der Stoß gegen den Alten war schon geführt, und nur mit ihrer eigenen Brust konnte sie ihn noch aufhalten. Blutüberströmt brach sie zusammen, um gleich darauf mit einem tiefen Seufzer ihre reine Seele auszuhauchen. Wie vom Blitz getroffen stand der Ritter vor der Leiche seiner gemordeten Tochter, das blutige Schwert in der Hand. Als nun aber der Alte seine Stimme erhob und ausrief: »Verflucht seist du mit deiner ganzen Sippe, verruchter Mörder, der du die Rose zertrittst und die Dornen hegst!« da erwachte Adelbert aus seiner Betäubung. Mit neuer Wut ergriff er sein Schwert und bohrte es dem Alten ins Herz, dass sein Blut hoch aufspritzte und er tot neben der Jungfrau niedersank.

Von nun an lastete ein schreckliches Verhängnis über den Rittern vom Herwartstein. Keiner starb mehr eines gewöhnlichen Todes. Ritter Adelbert, der zweifache Mörder, wurde bald nach seiner grauenvollen Tat unter dem Felsen der Burg zerschmettert aufgefunden. Er hatte im Wein Vergessenheit gesucht und war, als er nachts zur Burg heimkehren wollte, in der Trunkenheit in den Abgrund gestürzt. Ein anderer Herwartsteiner versank beim Baden in der Brenz, ein dritter kam auf der Jagd durch den unglücklichen Schuss eines Weidgenossen ums Leben, und ein vierter fiel in der Schlacht. Von allen ging die Sage, dass eine wunderbare Frauengestalt ihnen vorher den Tod angezeigt habe. Im weißen Kleide und am Gürtel einen Bund Schlüssel tragend, sei sie ihnen erschienen und habe sie mit erhobenen Händen und flehenden Gebärden ermahnt, ihr nahes Ende zu bedenken und Haus und Herz zu bestellen. Die Leute erkannten in ihr die ermordete Kunigunde und sagten: »Sorge und Gram um das Seelenheil ihrer Verwandten lassen sie im Grabe keine Ruhe finden.« Manche versicherten auch, das weiße Fräulein umschwebe zu gewissen Zeiten nachts die Burg. Man könne sie dann auf dem Felsen sitzen sehen, wo sie klage und weine zum Herzbrechen.

Nun geschah es, dass die Witwe eines Herwartsteiners auf dem Schlosse lebte. Sie hatte einen einzigen Sohn und war voll banger Sorge, auch er möchte dem Fluch seines Geschlechts zum Opfer fallen. Mit Beten und Fasten, mit Schenkungen an die Armen, an Kirchen und Klöster glaubte sie das Verhängnis von ihm abwenden zu können. Aber all' ihr Mühen war umsonst. Eines Tages brachte man den Junker tot vom Walde heim. Er war mit dem Pferde gestürzt und hatte den Hals gebrochen. Über seinem Grabe wurden Schild und Wappen zerschlagen: Denn mit ihm war der letzte Herwartsteiner gestorben und das Geschlecht somit erloschen. Seine Mutter starb kurz nach ihm aus Gram, und auch die Burg entging nicht dem unerbittlichen Schicksal. Nachdem sie eine Zeit lang den Grafen von Helfenstein gehört hatte, wurde sie 1287 von Kaiser Rudolf belagert, erobert und zerstört. Die besseren Steine der Burg fanden Verwendung beim Bau des Klosters Königsbronn. Nur ein wenig Mauerschutt bezeichnet heute noch die Stelle, wo einst die stolze Burg gestanden.

Nach Amos u. a. von K. Rommel-R.

Die Schlüsselbergerin

In dem waldbekränzten Talkessel, der Königsbronn mit seinen Eisenwerken umschließt, stand vor alter Zeit nur die kleine Ortschaft Springen. Sie hatte ihren Namen von den Quellen der Brenz und der Pfeffer, die hier unweit voneinander entspringen und durch ihre Vereinigung ein Flüsschen bilden. Die mächtigere dieser beiden Quellen ist die Brenz. Sie bricht aus überhängenden Felsmassen des Aalbuchs hervor, und zwar in einer solchen Wasserfülle, dass sie sofort einen kleinen See bildet und ein Hammerwerk zu treiben imstande ist. Das Wasser des Sees hat eine schöne blaue Farbe, ähnlich dem des Blautopfes bei Blaubeuren.

Das stille, anmutige Wald- und Wiesental mit seinem wunderbaren Brunnquell gefiel dem deutschen König Albrecht I so wohl, dass er daselbst im Jahre 1302 ein Kloster gründete, das man nach ihm Königsbronn benannt hat. Es wurde dicht an den schon damals mit Marktgerechtigkeit ausgestatteten Flecken Springen angebaut und mit Zisterziensermönchen besetzt. Der König und seine Nachfolger begabten das Kloster reichlich, und auch die Grafen von Helfenstein, denen damals fast die ganze Gegend gehörte, machten ihm viele Schenkungen.

Eine besonders große Wohltäterin des Klosters und der Armen war die Gräfin Anna (Beatrix) von Schlüsselberg, die Gemahlin Ulrichs von Helfenstein. Sie stiftete auf den Sankt Veitstag (15. Juni) Geld und Korn zur Austeilung an die Armen. Und es war ihr diese Stiftung so wichtig, dass sie drohte, aus dem Grabe zu kommen und zu mahnen, wenn ihr Gebot je einmal vergessen würde. Gräfin Anna starb im Jahre 1355, und die Mönche errichteten ihr ein schönes Grabmal aus Stein in der Klosterkirche. Dasselbe ist noch vorhanden und stellt sie dar mit einem Bund Schlüssel in der einen und einem Korb in der andern Hand. Auch wird noch jedes Jahr am Veitstage die Stiftung an die Königsbronner Armen verteilt, obgleich das Kloster schon längst aufgehoben und auch die Stiftungsurkunde nicht mehr vorhanden ist.

Einige Male soll es vorgekommen sein, dass die Verteilung der Spende vergessen blieb. Da soll die Klosterglocke, von unsichtbaren Händen geläutet, die Mönche nachts aus dem Schlummer geweckt und an das Versäumnis gemahnt haben. Auch der Pfarrer Steinhöfer vergaß einmal in den Wirren der Napoleonischen Kriege den Tag. Da kam in der Nacht die Schlüsselbergerin, klirrte mit ihren Schlüsseln und zog an der Glocke, dass es laut durchs stille Haus gellte und der Pfarrer erschreckt aus dem Schlaf auffuhr. Dies wiederholte sich einige Tage nacheinander, bis dem Pfarrer das Versäumte einfiel und von ihm nachgeholt war. Heute noch sagen die Leute in der Gegend, wenn sie an ein Versprechen mahnen wollen: »Hörst du des Veits Glöcklein?«

Wie die Franken ins Schwabenland gekommen.

Um das Jahr des Heils 319 zogen die Franken aus Niederland den Schwaben zu Hilf wider die Römer. Und sie schlugen die Fremden zum Land hinaus und waren hoch gehalten von allem Volk und wohnten in den schönsten Gauen am Rhein. Da begab es sich aber, dass zwei Kriegsmänner, so wider die Römer gestanden, unter sich in grimmigen Streit gerieten. Der eine war ein Schwabe und hieß Adalbert, der andre aber war ein Thüring, Günther geheißen. Der Schwab zeihet den Thüringer, er hätte etliche Ding aus der geschworenen Römerbeute gestohlen. Des widersprach der Thüring und nannte den Schwaben einen elenden Lügner. Da erhob dieser den Schild und forderte Günther, den Thüring, zum Zweikampf heraus, und der Kampf ward vom Volk anerkannt. Lange und hitzig stritten die beiden Männer, doch zuletzt war der Thüring erschlagen. Wie man ihn denn auszieht, siehe, da ward der Diebstahl auf seinem Leibe liegend erfunden. Diese öffentliche Schande verdross die Thüringer also, dass sie bei 120 sich teuer verschworen, nicht eher zu rasten, es wäre denn Adalbert, der Schwab, auch ums Leben gebracht. In folgender Nacht kamen sie vor Adalberts Zelt und forderten gleich von der Wache, den Kriegsmann herauszugeben. Die Schwaben aber griffen zu ihren Wehren und schlugen die Thüringer fast alle zu Boden.

Etliche derer, so entflohen waren, brachten die Mär' ins Land der Thüringer. Da war alles Volk sehr bewegt, und von Stund an zogen sie mit bewehrter Hand wider die Schwaben. Beide Teile griffen einander mit Grimm und Ernst an, aber keine Partei gewann den Streit. Da legten sich die Franken ins Mittel, konnten aber keinen Frieden machen. Doch brachten sie einen dreijährigen Waffenstillstand zuwege.

Aber nach drei Jahren griffen die Schwaben wieder an, schrieben auch den Thüringern offene Fehde zu. Diese waren besorgt, sie möchten's verlieren, und baten die Franken nochmals um Beistand und Unterhandlung. Und es gelang abermals, die Waffen zum Stillstand zu bringen. Aber bald schickten die Franken selber zu zweimalen bei viertausend wehrhafte Männer gegen die Schwaben, die nahmen das Land ein, das zwischen den Schwaben und

Thüringern lag, und benannten es mit ihrem Namen und baueten Häuser und wohneten drinnen. So waren sie die lachenden Dritten, die von den Händeln der andern sich Nutzen gezogen. Seit der Zeit geht in Schwaben und bei den Thüringern das Sprichwort: Frankenfreundschaft kauf' nit teuer, sie macht sich schon selbst bezahlt.

Nach Gropp, Fränk. Chronik.

Crailsheimer Sagen.

Die Horaffen.

Das zu Ende gehende 14. Jahrhundert brachte fürs Frankenland trübe Zeit. Städte und Ritter befehdeten sich, und der Bauer musste die Zeche bezahlen. Das Elend lag vielgestaltig über den fränkischen Gauen. Doch schlimme Zeit weckt starken Geist und kühnen Mut. So auch bei den Crailsheimer Bürgern und Bürgerinnen. Es war im November des Jahres 1379, als von drei Seiten feindliche Horden gegen das Städtchen Crailsheim heranzogen. Die Reichsstädte Hall, Rothenburg und Dinkelsbühl hatten ihre Scharen aufgeboten, um gegen Herrn Gottfried und Herrn Ulrich von Hohenlohe »von großen Unrechts wegen« zu Streit und Fehde auszuziehen, und da das befestigte Crailsheim damals hohenlohisch war, und weil es schon in jener Zeit nach dem Wort ging: »Herren sündigen, Bürger büßen«, so wurde die Stadt Crailsheim von den Reichsstädtern berannt. Dieser Ansturm hatte keinen Erfolg, es wurde darum die Stadt eingeschlossen. Doch der Mut der Belagerten war durch nichts zu dämpfen. Alle Bemühungen der Feinde, die Stadt zu überwältigen, waren umsonst. Tag und Nacht verteidigten sich die Crailsheimer aufs Glücklichste, und wenn die Kraft der Männer zu erlahmen drohte, traten die Weiber auf den Plan. So zog sich die Belagerung durch fünf lange Wintermonate hin. Ein starker Mann namens Burkhardt – so erzählt ein Chronist – wurde der Held des Tages. Der habe einmal während der Nacht mit dem Feinde seine Defension gehabt und am andern Morgen gesagt, es habe ihn nachts immer einer so heftig geplaget. Der habe versucht immer und immer wieder auf die Mauer zu steigen, so oft er ihn auch durch Stiche mit seiner Hellebarde hinabgejagt habe. Aber als man hernach über die Mauer gesehen, da lagen der toten Feinde gar viele drunten, von Burkhardts Hand erschlagen. Nicht minder tapfer hielten sich die Frauen. Steine, Asche, Lauge, Sand, Kalk, brennende Kränze u. a. sollen sie auf die Feinde geworfen haben, und so wurde deren Anstürmen immer erfolgreich abgeschlagen. Da fassten die Belagerer den Entschluss, die Stadt auszuhungern. Die Not der Eingeschlossenen stieg aufs Höchste. Die Lebensmittel gingen zusammen. Doch die Bürgermeisterin wusste Rat. Sie, eine weitläufige Persönlichkeit, stieg auf die Mauer der Stadt und zeigte den Feinden – auf eine freilich wenig weibliche Weise, doch helf' was helfen mag! – denjenigen umfangreichen Teil ihres leiblichen Daseins, wo der Rücken seinen anständigen Namen verliert. Da stutzten die Belagerer und verzweifelten daran, die Stadt je aushungern zu können. Es war der Mittwoch vor Estomihi anno 1380, als sie ihre Zelte abbrachen und sich von dannen huben, indem sie im Abzug noch den Bürgern Crailsheims das Scheltwort » *Hôraffen*« zuriefen. Das war ein Freudentag für die Bewohner der Stadt. Und noch heutigen Tags wird das Andenken an jene Errettung im » *Stadtfeiertag*« lebendig erhalten. Da ist Gottesdienst, und die Schulkinder erhalten ein mürbes Gebäck, »Hôraffen« genannt.

C. Schnerring.

Ein mit Wein erbautes Gotteshaus.

Im Jahre 1388 fing Landgraf Siegobst v. Leuchtenberg an, am Kreckelberg bei Crailsheim Wein zu bauen, und da er das Rebgelände fast steuerfrei ließ, so machten's ihm bald ihrer etliche nach und pflanzten auch an den sonnigen Hang des Berges den Rebstock. Da war's nun in den neunziger Jahren des selbigen Säkulums, dass ein regnerischer Sommer im Land lag, und die Weintrauben am Kreckelberg, die reichlich angesetzt hatten, konnten nicht reifen. Im selbigen Jahr nun hub man zu Crailsheim an, auf dem Markt die Kapelle »Unsrer lieben Frauen« zu bauen, und männiglich steuerte zu dem frommen Werke bei. Ein Bürger aber kam auf einen gar seltsamen Gedanken. »Kann man schon den heurigen Wein nicht genießen,« dachte er, »so mag er leicht zu etwas anderem taugen. Ich stifte meinen Kreckelberger zu »Unsrer lieben Frau«, damit der Maurer mit ihm den Mörtel bereite. Denn solch ein Wein zieht nicht nur das Gesicht in Falten, er zieht auch die Steine zusammen, und will's Gott, so hält das Kirchlein tausend Jahr.« Und im folgenden Frühling, da wieder die Bauzeit begann, fuhren auf dem Marktplatz zu Crailsheim etliche Weinkarren auf, und so ist die Liebfrauenkapelle unsrer Stadt mit Wein erbauet worden.

    C. Schnerring-Crailsheim.

Die verlorenen Akten.

In Crailsheim war einmal ein aufgeregtes Jahr. Zwei angesehene Familien hatten Rechtshändel miteinander auszufechten, und in der Bürgerschaft bildeten sich Parteien hinüber und herüber. Ja, bis in den Rat hinein war Zwietracht, und die Bürgermeister hatten einen schweren Stand. Die eine Seite der Streitenden behauptete, ihre Ansprüche urkundlich erhärten zu können, und auf dem Rathaus müsse das Pergament liegen, und man müsse es finden, wenn anders dort Ordnung herrsche. Aber niemand fand das wichtige Schriftstück. Der Ratsschreiber suchte und suchte, fand aber nichts. Das Unterste wurde zu oberst gekehrt, umsonst. Da rief er denn einmal unwillig aus: »Tod und Teufel! Gib die Schriften her, du hast sie ja doch in den Klauen!« Und plötzlich flatterte es von oben herab, und ein Heft fiel auf den Boden. Aber im selbigen Augenblick flogen die Türflügel auf, und der Teufel samt den zwölf Weibern der Ratsherren stürmten, alle auf Ofengabeln reitend, mit Gebraus in den Saal herein und zu einem offenen Fenster auf der anderen Seite wieder hinaus. Da wusste man denn, wer in dem unseligen Prozess die Hände im gottlosen Spiel gehabt hatte, und seit der Zeit hat man vor den Weibern der Crailsheimer Ratsherren höllischen Respekt.

    C. Sch., nach Mone

Die fromme Gräfin Adelheid.

Nahe bei Crailsheim erhebt sich als Ausläufer der waldreichen Ellwanger Berge die Schöneburg. Hier soll Adelheid von Württemberg, die Gemahlin Krafts v. Hohenlohe, ihren Witwensitz gehabt haben. Sie war eine fromme Frau und eine Wohltäterin der Armen. Von ihrer Burg fuhr sie in einem unterirdischen Gang zum Ansbacher Tor in Crailsheim. Wenn sie an das Tor kam, so taten sich die Flügel von selber auf. Entfielen ihr Handschuhe oder Fächer, so flogen sie ihr von selber wieder zu. Einstens nun begegnete ihr hart vor dem Tor ein armer Sünder, der von einer großen Menge Volks zum Hochgericht geleitet wurde. Die Armesünderglocke wimmerte, und der junge Delinquent weinte. Da fragte ihn Adelheid nach seinem Verbrechen, und als er es ihr unter Tränen gebeichtet, sprach sie zu ihm: »Da geschieht dir recht; du hast den Tod verdient und sollst sterben.« Es war ihr solche Hartherzigkeit sonst fremd. In demselben Augenblick nun fuhren die Torflügel, vor denen ihr Gespann hielt, zu, und niemals mehr öffneten sie sich von selbst vor der Gräfin. Der unterirdische Gang von der Schöneburg nach Crailsheim aber stürzte ein, und bald darauf starb Adelheid. Sie wurde im Kloster Gnadental bei Waldenburg begraben. Ihr Gedächtnis aber ist in Crailsheim und bei allem Volk umher im Segen, hat sie doch all ihr Vermögen und Hab und Gut den Armen und den Gemeinden vermacht: Felder und Wälder und allerlei Gerechtsame auf Teiche und Fischwasser.

    O-A-B. von Crailsheim.

Jokele hin, Jokele her.

Als man einst bei Crailsheim am Tag vor Jakobi den Feiertag einläutete, hörten alle Leute auf, Heu zu machen, und falteten die Hände zum Gebet. Nur ein Bauer sprach: »Jokele hin, Jokele her, mein Heu muss heut noch heim,« und solange die andern zum Glockengeläute ihr Vaterunser beteten und danach heimwärts gingen, lud er den Wagen. Indem er nun nach Hause fuhr, wurde er von einem schrecklichen Unwetter überrascht.

Ein Wolkenbruch ging hernieder, und das Wasser schoss mit fürchterlicher Macht durch den Jagstgrund. Der Mann mit Vieh und Wagen wurde fortgerissen und ging jämmerlich zugrunde. Seitdem hört man alljährlich am Jakobivorabend an der Unglücksstätte ein Rauschen von Wassern, durch das sich jemand mit geladenem Wagen durcharbeiten will.

    C. Sch., nach Birlinger.

Ein Diebstahl und seine Entdeckung.

Ums Jahr 1580 ist ein Bürger in Crailsheim, von Geburt ein Sachs, so in Christian Schunds Hause, nahe der Apotheken und dem Seiler wohnhaft war, wegen Diebstahls hingerichtet worden, da er nachts in einem Hause der langen Gasse gestohlen und sein Messerlein hat liegen lassen, worauf der Bürger, so bestohlen worden, das Messerlein auf das Rathaus träget und sein Unglück klaget. Man gab alsbald bei den Herren Räten auf dem Rathaus diesen Vorschlag an, man solle das Messerlein in die Schulen tragen und Umfrage halten, ob Wohl keines unter ihnen wüsste, wem dieses Messerlein, so gefunden worden, zuständig wäre. Da es nun endlich des Täters Töchterlein ersiehet, sprach sie: »Ei, dieses Messerlein ist meines Vaters.« Man schicket das Messerlein mit dieser Antwort zurück auf das Rathaus, worauf dieser Bürger, da es ihm also vorgehalten wird, alsbald seinen Diebstahl bekennet und endlich von dem Halsgericht, so auf dem freien Platz beim Tanzhaus Urteil sprach, zum Tod ist verdammt und vom Scharfrichter zu Ansbach auf dem Crailsheimer Köpfwasen vom Leben zum Tod ist gebracht worden. Ein wunderlich Gericht Gottes, dass eine Missetat von seinem eigenen Kind verraten werden muss.

Aus »Bauers Beschreibung der Stadt Crailsheim« 1722.

Eppelein von Gailingen.

I.

Der im Frankenland allüberall bekannte Eppelein von Gailingen stammte aus dem alten, nun längst ausgestorbenen Geschlecht der Gailingen von Illesheim, einem bei Windsheim im Bayerischen gelegenen Rittergut. Der Name dieses Mannes klingt bis gen Nürnberg in der Sage wider. – Zufolge eines Bündnisses mit dem Höllenfürsten hatte er ein Ross erhalten, das ihn aus allen schwierigen Lagen trug, und das auf den Anruf: »Appele, hopp!« über Abgründe und Flüsse hinwegsetzte, gleich als hätte es Flügel. Eppelein hatte es besonders auf die Stadt Nürnberg abgesehen. Aber auf einem seiner Raubzüge dorthin bekamen ihn die Nürnberger in ihre Gewalt. Im fünfeckigen Turm ihrer Burg legten sie den Unhold in sicheres Verwahrsam. Während sich nun die Ratsherren berieten, was mit dem Ritter anzufangen sei, wusste sich dieser in den Besitz seines Höllenrappen zu setzen. Er ließ nicht ab, den Kerkermeister zu bitten, man möchte ihm doch eine letzte Bitte gewähren und ihn, da er nun ja doch sterben müsse, vor seinem Tode noch einmal sein Ross besteigen lassen. Man gab seiner Bitte nach, und nun tummelte er seinen Rappen nach Herzenslust auf der Freiung vor der Burg. In einem Augenblick aber, da er sich unbeobachtet wusste, gab er seinem Tier die Sporen, und unter dem Ruf: »Appele, hopp!« setzte er zum Schrecken der Wächter über den Burggraben hinweg und entkam denn auch den verfolgenden Soldknechten. Durch die Jahrhunderte hindurch haben sich an der Brustwehr der Freiung beim fünfeckigen Turm zu Nürnberg die Eindrücke der Hufeisen des Höllenrappen erhalten. Den Nürnbergern aber hat diese Begebenheit den noch heute oft zitierten Spottvers eingetragen: »Die Nürnberger henken keinen, sie haben ihn zuvor.«

II.

Einstmals wollte Eppelein *Erkenbrechtshausen* bei Crailsheim überfallen. Im dortigen Schloss lebte ein Edelmann, genannt Fritz Gaymann v. Crailsheim. Der war reich, und die Silberstücke waren in seiner Schatzkammer simriweise aufgeschichtet. Auf diese Schätze hatte es Eppelein abgesehen. Aber nicht immer ist das Glück den Wagehälsen hold. Eppeleins Anschlag misslang, und er wäre um ein Kleines gefangen genommen worden. Mit leeren Taschen musste er abziehen und in eiliger Flucht davonjagen. Verfolgt, wurde er vom Dorf aus gegen das Jagsttal getrieben. Nun hat sich aber der Jagstfluss unweit Erkenbrechtshausen ins Gelände eine tief eingeschnittene Rinne gegraben und zieht unter jähen, fast senkrechten Felsabstürzen dahin, hier schien es, als sei kein Entrinnen mehr für Eppelein, und als müsste er sich den nachstürmenden Feinden ergeben. Von allen Seiten drangen sie auf ihn ein: Vor ihm gähnte der Abgrund. Da fasste der Kühne noch im letzten Augenblick den todesmutigen Entschluss, in die Tiefe zu setzen und sich so seinen Verfolgern zu entziehen. »Appele, hopp!« erklang sein Kommandoruf, und alsbald trug das Tier seinen Herrn davon und hinab in die grausige Tiefe. Die Wasser des Jagstflusses schlugen über dem Reiter zusammen, aber unversehrt tauchten Ross und Mann aus den Fluten des Flusses empor und jagten bald im Talgrund dahin, als wäre nichts Besonderes vorgefallen. Auf dem großen Felsblock aber inmitten des Flussbettes zeigte man noch nach Jahrhunderten die Spuren der Hufeisen, die Eppeleins Rappe ins Gestein geschlagen. Nunmehr ist der Steinblock in ein Bauernhaus zu Bölgental eingemauert worden. Der Wanderer aber, der vom »Beierlesstein« bei Erkenbrechtshaufen, der Stelle, an der Eppelein seinen kühnen Sprung getan haben soll, in die Tiefe schaut, kann sich eines geheimen Schauderns nicht erwehren.

III.

Etliche Jahre danach stattete Eppelein von Gailingen der Stadt Crailsheim einen Besuch ab. Diesmal hatte er es auf den freiherrlich v. Ellrichshausenschen Edelhof und dessen Schätze abgesehen. Aber ebenso klug als kühn band er sein Pferd im Ellrichshausenschen Edelsitz zu Crailsheim nicht, wie andere Besucher taten, in den Gaststall, nein, außen in der Freiung des ummauerten Hauses ließ er sein Tier umhergehen, während er keck in die Kammern und Zimmer vordrang. Aber nicht lange, so wurde er entdeckt, und ein Tross Knechte war hinter ihm her. Er wurde von Gelass zu Gelass gejagt und erreichte nur mit genauer Not wieder das Freie. Hurtig schwang er sich auf sein Pferd und dieweil das Tor inzwischen verschlossen worden war, rief er sein »Appele, hopp!« und wieder trug das treue Tier seinen Herrn rasch und sicher über die Mauerbrüstung hinweg. Bei diesem gewaltigen Sprung verlor das Pferd eines seiner Hufeisen. Es flog auf das Dach eines Nachbarhauses, und hier blieb es mehr denn fünf Jahrhunderte liegen. Erst in den 1880er Jahren wurde es von dem damaligen Hausbesitzer entfernt.

Durch solch tolle Streiche kam Eppelein bald in den Ruf eines Zauberers und Hexenmeisters, dem eben alles möglich sei. Endlich aber, im Jahre 1381, erreichte ihn sein Schicksal. Da wurde er mit etlichen Helfershelfern gefangen genommen und auf das Rad geflochten. Aber noch heute geht im Frankenland von ihm das Sprüchlein:

»Eppele Gaile von Dramaus
Reit't allzeit zu vierzehnt aus.«

    C. Schnerring-Crailsheim. Nach mündlichen Berichten.

Die Anhäuser Mauer.

Abseits der Frankendörfer Wallhausen und Grüningen steigt mit eins aus freiem Feld eine gigantische Mauer auf. Ringsum große Einsamkeit, ringsum tiefes Schweigen. Kaum ein Vogelgezwitscher wird gehört, und aus den fernen Dörfern klingt kein Laut herüber. Weltfern, als ein letzter Zeuge einer andern Zeit ragt die Mauer auf. Mächtig steht sie da, und fünf Ritter schützen sie.

Hier stand einst ein Kloster. Pauliner lebten drinnen. Eifrig liefen sie die Gegend ab, bettelten und wurden reich davon. Doch da kam die schlimme Zeit des Bauernkriegs, und da war ein böser Tag. Es kamen mit Gejohle die Bauernhaufen vor das Kloster gezogen, und sie hatten es auf nichts Geringeres als auf dessen Zerstörung abgesehen. Anhausen wurde berannt, aber siehe da, nirgends zeigte sich Widerstand, und als die Bauern nun ins Kloster drangen, da fanden sie es leer und wie ausgestorben. Es war aber ein unterirdischer Gang allda, der führte von Anhausen hinab ins nahe Tal der Jagst zum Nonnenklösterlein von Mistlau. Und selbiger Weg, den selbst das Sonnenlicht nicht fand, war den Mönchen von langher wohlbekannt, und von ihnen auch zuvor schon oftmals gern benutzt worden. Jetzt in Sturm und Not war's traut, solch einen Unterschlupf zu wissen. Und es kamen von unten herauf die Nonnen von Mistlau, und es kamen von oben herab die Pauliner von Anhausen, und im dunklen Schutz der Erde zerrann ihnen rasch die Zeit. Derweil war nun oben im Sonnenlicht Schreckliches geschehen; aus den Scheuern und Ställen des Klosters Anhausen stiegen die Feuerbrände auf, und was nicht niet- und nagelfest war, wurde mitgenommen: und als nun nach Tagen und Wochen die Ratten – so nannte der Volksmund die Mönche Anhausens – aus ihrem unterirdischen Versteck wieder hervorkrochen, da fanden sie nichts denn rauchende Trümmer und wüste Felder.

Doch die Gottesmänner wussten sich zu helfen. Sie schnürten das wenige, was sie noch hatten, in Bündel und wanderten hinab zu den frommen Schwestern des Klösterleins Mistlau und wurden um Gottes willen freudig dort aufgenommen. Fortan war eine herzinnige Gemeinschaft zwischen den Nonnen und zwischen den Mönchen, und als Luthers Lehre siegreich durch die Lande zog, da ist manch ein Pauliner und manch eine Nonne aus des Ordens Zwang gesprungen, und sie haben im schönen Tal der Jagst sich ihre Hütten erbaut und darin einen eigenen Hausstand geführt.

C. Schnerring.

Der Froschzauber von Rechenberg.

Im waldigen Gelände zwischen Crailsheim und Ellwangen liegt gar lieblich das Torf Rechenberg. Hoch thront es mit seinem stattlichen Schloss, und drunten leuchtet das klare Auge eines lieblichen Sees auf. Dort drunten am Ufer des Sees stand einst in alten Zeiten die Kapelle zum heiligen Kreuz. Hier betete man die Vesper. Aber der See war bevölkert von einer Unzahl von Fröschen, und die quakten dermaßen, dass die Geistlichen nimmer beten konnten. Da beschwor einer von ihnen die Frösche, und fortan war Ruhe. Und seitdem lassen sich im See zu Rechenberg keine Frösche mehr hören, während im nahen Schwindelweiher alles zusammenquakt

Nach Billinger. C. Sch.

Der gründische Brunnen.

Im Oberamt Crailsheim liegt, ein wenig abseits des Schienenstrangs, im grünen, stillen Tälchen des Speltach in verborgener Einsame, umsäumt von Wald und Wiesenland, der gründische Brunnen. Von dem geht in der Gegend das Wort, dass noch niemals ein forschender Mensch seinen Grund gefunden habe und dass seine Wasser Gegenstände, und wären sie auch schwer, nicht untersinken lassen. Wer es versucht und einen Stein in den Born wirft, wird tatsächlich staunen, wie langsam und bedächtig der zur grünen Tiefe geht: Das macht, dass die Wasser mit ziemlich starkem Druck zur Höhe quellen. Als einmal ein Müllerknecht mitsamt seinem Fuhrwerk das Unglück hatte, im tückischen Brunnen seinen Untergang zu finden, da trug, die Quelle den Leichnam auf der Oberfläche, und als ein andermal ein Lebensmüder sich vor den Übeln der Welt ins kühle Reich der Wasser flüchtete, da ließen ihn die steigenden Wirbel nicht hinabkommen, obwohl er sich mit einem Stein beschwert hatte. Die Geheimnisse der Wassertiefe müssen dem Menschengeist eben verschlossen bleiben. Doch kristallklar ist die quellende Flut, und begnadete Augen, welche an einigen Tagen im Jahr tiefer zu schauen vermögen als andere, die sehen's drunten blinken und leuchten, und kristallene Herrlichkeiten zeigen sich dann auf dem Grund. Und jedermann weiß es, dass drunten in den grünen Tiefen des Brunnens Meerfräulein hausen. Menschenflüchtig und weltabgeschieden müssen diese heute in strenger Bannung leben. Ehedem war das anders gewesen. Da durften sie noch hie und da aus der Einsame der Wasserwelt heraufsteigen ans Licht der Sonne und mit den Menschen traute Zwiesprach halten. Da kamen sie denn öfters ins Dorf Gründelhardt, und den Leuten Liebes zu erweisen, das war dann ihr Höchstes. Auch Prophetinnen waren sie und verkündeten den Menschen die Zukunft voraus. So war es den Gründelhardtern längst vor der Reformation durch die Meerfräulein kundgegeben worden, dass einstmals Männer kommen, die Messopfer und katholischen Gottesdienst abschaffen werden. Auch in der nahen Bantzenmühle waren die Fräulein des gründischen Brunnens oft und gern gesehene Gäste. An manchem Abend hielten sie dort Einkehr, um einige geruhsame Plauderstündchen zu genießen. Einstmals jedoch verspäteten sie sich. Sie kehrten erst nach dem Hahnenschrei in ihre Wasserwohnung zurück, und seit der Zeit dürfen sie nimmer auf die Erde kommen, und kein Sterblicher hat sie jemals wieder gesehen. Seit jenen Tagen aber ändert der Brunnen seinen Ort, er ist jetzt schon an der dritten Stelle, und wie man heutzutage schon sieht, weiden die Wasser in nicht sehr ferner Zeit abermals einen neuen Born sich brechen. Wer also eine wandernde Quelle sehen will, der fahre zum gründischen Brunnen bei Gründelhardt.

    Mündlich. C. Schnerring-Crailsheim

Die Glocken von Tiefenbach.

Wo das Jagsttal gleich unterhalb Crailsheim romantisch wird, wo die Wasser des Flusses durch eine tiefe, schmale Rinne jagen, erhebt sich auf Tiefenbacher Markung zur linken Hand der jähe Bergkopf der Eulenburg. Hier lebten einst in burglichem Hause drei Fräulein von Roten. Im tiefen Frieden der vergessenen Einsame lebten sie, ferne den Menschen, ihrem Gott, wie es ehrsamen Jungfrauen geziemt, wenn sie zu Jahren gekommen. Da verging kein einziger Tag im Jahr, dass sie nicht zum Heiligkreuz-Kapellchen draußen im Wischartwald gewallt wären. Das Stündlein Wegs dorthin schlugen sie weiter nicht an. Ja manchmal traten sie auch zu nachtschlafender Zeit aus ihrer Burg, und hinüber ging's dann, vorbei am dämmernden Tiefenbach, hinaus zur einsamen Kapelle auf Wischart. Da war's einmal zur heiligen Weihnachtszeit, dass sie vom Gotteshaus nach frommem Gebet heimwärts zogen. Der geheimnisvolle Schauer einer der zwölf Nächte lag über der schweigenden Landschaft. Die Luft war dick vom Dezembernebel, und schwer ging der Atem. Von drüben aus den Wäldern bei Eckartshausen und Rüdern und aus dem Jagsttal vom Beierlesstein her zog ein seltsam Raunen und Rauschen, gleich als flüsterten tausend geisterhafte Stimmen obenhin. Und auf einmal erhob sich in den Lüften ein lautes Branden und Toben, ein tolles Wettern und Jagen, als ob alle Unholde des Luftreichs losgelassen wären und in wildem Wüten dahinstürmten. Da kamen die Fräulein von Roten in Angst und Bedrängnis. Sie wollten zurück und sich ins schützende Gotteshaus Wischart flüchten; aber wie sehr sie suchten, sie konnten's nimmer finden. Stundenlang gingen sie nun in der Irre. Da gelobten sie: »Heiliger Gott und gnadenreicher Gottessohn! So wir gesund wieder unser Haus betreten dürfen und in Frieden und Freuden dir auch fernerhin dienen, so sei alles, was wir haben, dir, dem Beschützer der Irrenden, geweiht, Hab und Gut und Haus und Hof und Grund und Boden. Und zu Tiefenbach sollen in den zwölf Nächten die Glocken geläutet werden, damit sie denen, die draußen im Dunkel der Nacht nicht aus noch ein wissen, rufende und rettende Stimmen seien.« Und siehe da, alsbald ließ das Wüten im Luftreviere nach, und drüben über den Zinnen von Crailsheim stieg ein sanfter blauer Schein empor, und über eine Weile goss der Mond sein Silberlicht über die Schneelandschaft, und die Fräulein von Roten fanden sich zur Stunde am Rande eines jäh in den Jagstgrund abstürzenden Felsschroffen. Der Herr war noch rechtzeitig ein Licht auf ihrem Wege und ihr Retter in höchster Gefahr gewesen. Des waren sie dankbar, gingen hin und verschrieben die Eulenburg samt allem und jedem der Gemeinde Tiefenbach. Nur das war Bedingung, dass in der Zeit der zwölf Nächte drei Glocken zu Tiefenbach geläutet werden sollten. So hat man es dortselbst gehalten manch ein Jahrhundert hindurch. Die Fräulein von Roten aber nahmen im Kloster Mistlau bei Kirchberg den Schleier und als die letzte von ihnen durch die Mistlauer Schwestern zu Grabe gebetet ward, da läuteten sie auch, die Glocken von Tiefenbach, und diesmal, ohne dass eine menschliche Hand den Strang gezogen hätte.

C. Schnerring-Crailsheim.

Die Herrgottskirche bei Creglingen.

Im Jahre 1384 am Laurentiustage, so erzählt die Sage, wurde an der Stelle, wo jetzt zu Creglingen an der Tauber die Herrgottskirche steht, von einem Bauern eine Hostie aus dem Boden geackert, und »sind hernach an dieser Stätte viele wunderliche offenbare Zeichen geschehen«. Aus diesem Grunde erbauten die Grafen zu Brauneck, Konrad und Gottfried, zu deren Gebiet Creglingen gehörte, »dem hochwürdigen Sakrament zu Lob und Ehre« eine Kapelle, »zu unsrem Herrn Gotte«, später kurzweg Herrgottskirche genannt. Reich begabt mit Ablässen, lockte das Kirchlein viele Wallfahrer herbei und dies namentlich seit dem Ende des 15. Jahrhunderts, da frommer Sinn das Gotteshaus mit einem herrlichen Marienaltar geschmückt hatte.

Außerhalb der Herrgottskirche und an sie angebaut tritt ein hohes achteckiges Türmchen hervor. Sein Altar ist zierlich durchbrochen und bietet Platz für einen Redner. Von hier aus soll einst der Dominikanermönch Tetzel den zu seinen Füßen am Berghang gegen Münster zu lagernden Scharen der Gläubigen den Ablass gepredigt haben, und noch jetzt nennt das Volk dieses Türmchen die »Tetzelkanzel«.

Das Innere des Kirchleins birgt eine merkwürdige Reliquie. Es ist dies ein an der Empore befestigtes, aus rohen Balken gezimmertes Kreuz. In diesem stecken 55 Nägel. Mit diesem Kreuze hat es folgende Bewandtnis. Gottfried von Brauneck hatte seines Bruders Söhnlein auf der Jagd versehentlich tödlich verwundet. Aus Gram darüber starb die Mutter des Kindes, und der Vater ging ins Kloster. Herr Gottfried aber machte, seine Sünde zu büßen, eine Wallfahrt nach Rom. Dort beichtete er und bat um Ablass. Der Papst legte ihm auf, als echter Nachfolger Jesu Christi ein Kreuz auf sich zu nehmen und dieses auf seinen Schultern in die Heimat zu tragen. In fünfundfünfzig Klöstern rastete der Pilgrim auf dem weiten Wege zwischen Rom und Creglingen, und in jedem dieser Klöster ließ er, seine Bürde zu mehren, einen starken eisernen Nagel in sein Kreuz schlagen. Nach Jahresfrist kam er in die Heimat zurück. Aber am Marienaltar der Herrgottskirche sank er während der ersten Andacht ermattet zusammen und verschied. Da nahmen die Leute das Bußkreuz und befestigten es an der Empore des Kirchleins, und dort hängt es bis auf den heutigen Tag.

C. Schnerring.

Der Jäger Kournle auf dem Einkorn.

Auf dem Einkorn lebte einst ein Jäger namens Konrad. Man nannte ihn weitum in der Gegend nur den Jäger-Kournle. Er führte in seinem Forsthaus eine Schenkwirtschaft, welche fleißig besucht wurde. Ob nun gleich der Kournle ein anständiger, zuvorkommender Mann war, so fürchtete man sich doch vor ihm, denn in seinem Wesen lag etwas Unheimliches. Dies hatte seinen Grund darin, dass er seine Seele dem Teufel verschrieben hatte. Satan sollte dem Jäger dafür die Zusicherung gegeben haben, dass keiner seiner Schüsse das Ziel verfehle. Nun war es einmal an einem Feiertag, dass in dem Jägerhaus auf dem Einkorn eine große Tanzbelustigung abgehalten wurde. Mitten in der Lustbarkeit und dem fröhlichen Treiben wurde Kournle plötzlich hinausgerufen und ihm die Nachricht übermittelt, dass unfern unter einer Eiche ein sehr schöner Edelhirsch dem Verenden nahe sei. Begleitet von einigen seiner

Leute eilte er der bezeichneten Stelle zu; aber der Hirsch war nirgends zu finden. Kournle sandte seine Begleiter zurück, um im nahen Gebüsch das Suchen nach dem Tier allein fortzusetzen. Aber nach kurzer Zeit vernahmen die Zurückgehenden ein ohrenzerreißendes Hilfegeschrei, und als sie diesem eilenden Schrittes nachgingen, fanden sie weder Jäger noch Hirsch. Am Boden aber zeugte eine große Lache geronnenen Blutes von einem Kampf, der hier auf Leben und Tod ausgefochten worden war, und alle sagten: Jetzt hat der Teufel den Kournle geholt. Seitdem treibt sich nun der Jäger nächtlicherweile unselig in den Waldungen um den Einkorn und den Burgberg herum, und seine arme Seele findet nicht eher Rast noch Ruh, als bis sich eine Jungfrau seiner erbarmt und ihn auf einem Kreuzweg küsst. Da es aber bis dahin wohl noch lange anstehen dürfte, so wird auch der Jäger-Kournle noch oft die Wanderer zur Nachtzeit foppen und namentlich die Wilderer in die Irre und dem Förster vor den Schuss führen.

Mündlich aus Großaltdorf. C. Sch.

Haller Sagen.

Der Siedershof.

Die Stadt Hall verdankt ihre Entstehung dem Halbrunnen, der inmitten der Stadt unweit des Kocherflusses sich findet. Jetzt speist sein Wasser das Solbad, in früheren Zeiten wurde es verwendet, Salz daraus zu sieden. Denn ehe die großen Salzlager am Kocher und untern Neckar entdeckt wurden, war das Salz ein rarer Artikel in Württemberg, und man musste mit ihm im Haushalt recht sparsam umgehen. Die Haller Salzsieder machten damals gute Geschäfte. Ihre Siedhäuser füllten den jetzt freien Platz um den Halbrunnen aus, und Tag und Nacht erlosch das Feuer nicht, denn man wollte möglichst viel von dem köstlichen Gewürz gewinnen. Die Salzsiederei und der Salzhandel machten die Stadt Hall groß und reich. Deshalb standen auch die Salzsieder in Hall in hohem Ansehen und erhielten auch allerlei Rechte und Privilegien. Ihr jährliches Zunftfest, der sogenannte Siedershof, wurde von der ganzen Stadt mitgefeiert, und heute noch stehen Siederstanz und Siederstracht in Hall in großen Ehren, wenn auch das Fest selbst mit der Siederzunft oder Siederskompanie schon längst eingegangen ist. Über die Entstehung dieses alten Haller Festes wird Folgendes berichtet.

Es war dereinst am Feiertag Peter und Paul (29. Juni), als die ledigen Siederssöhne auf dem großen »Unterwöhrd« zu allerlei Kurzweil versammelt waren. Da geschah es, dass aus der gegenüberliegenden Dorfmühle, die die Stadt anno 1490 an sich gebracht hatte, plötzlich ein Hahn mit Zetergeschrei zum Dachladen herausflog. Die Sieder sahen es und bemerkten zugleich, wie das Feuer zum First herausschlug. Schnell waren sie nun bei der Hand und dämpften durch geschicktes und mutiges Eingreifen den Brand. Zum Andenken an diese Tat verwilligte der Rat der Stadt Hall der Siederskompanie alljährlich Früchte zu einem Kuchen und Wein zu einem Fest, genannt der Siedershof. Auch die Domherrn zu Komburg lieferten Gaben dazu und so kam es, dass der Kuchen gewöhnlich hundert Pfund und samt der Krönung hundertzwanzig Pfund wog. Dieser Kuchen wurde an Peter und Paul in feierlichem

Festzug durch die Straßen der Reichsstadt getragen, und aus der Dorfmühle schüttete man für die Armen etliche Körbe voll mürbes Brot, die sogenannten Mühleschifflein, zum Fenster hinaus.

Der Anfang des Festes fiel auf den Pfingstmontag. Da versammelten sich die ledigen Siederssöhne, genannt »Hofburschen«, nach zwölf Uhr am Siederssteg. Um 1 Uhr marschierte man unter Trommel- und Pfeifenschall einige Male auf dem »Unterwöhrd« auf und ab und machte sodann einen gemeinsamen Ausflug in ein benachbartes höllisches Dorf. Nach dem Nachtessen war dann wieder Sammlung auf dem »Unterwöhrd«, von wo aus man ins »Kuchenhaus« ging, d. h. in dasjenige Wirtshaus, in welchem man den Siedershof zu feiern bereits übereingekommen war. An den nächsten Sonntagen zogen die Mitglieder der Siederskompanie paarweise zur Kirche, die zwei ersten Male in roter Tracht, das letzte Mal schwarz in Mänteln, jedes Mal mit Degen und dreieckigem Hut mit silbernen Tressen. Während der ganzen Festzeit durfte kein »Hofbursche« den andern mit »Du« anreden, bei Strafe von 2 Maß Wein. Am Peter- und Paulstag, als dem Ehrentag der Haller Sieder, herrschte im Siedersviertel schon in den Frühstunden regstes Leben. Burschen und Jungfrauen, welch letztere längst zuvor von ihrem Gesellen geladen worden waren, putzten sich festlich heraus und kaum, dass die Morgenglocke 6 Uhr geschlagen, so versammelten sich die Hofburschen im Kuchenhaus. Um 9 Uhr geht der Zug in die Dorfmühle. Der Kuchen wird abgeholt und bekränzt vom Dorfmüller zum steinernen Steg getragen. Dort übernimmt ihn der Kuchenträger aus der Reihe der Siedersburschen und abwechslungsweise mit den vier Ältesten der Siedersburschen bringt er ihn zum »Unterwöhrd«. Von hier ziehen sie mit dem Kuchen durch die wichtigsten Straßen der Stadt, und endlich im Kuchenhaus geht's an die Verteilung des umfangreichen Gebäcks. Zunächst werden hierbei die Vorsteher der Stadt und das Halgericht bedacht, ingleichen der Prediger und Stadtpfarrer, sowie der Dechant von Komburg. Hernach erhält jeder Siedersbursche sein wohlgewogen Teil. Nachmittags folgt der Tanz auf dem »Unterwöhrd«, der mit dem Läuten der Torglocke endet. Am nachfolgenden Tage wird »der Bronnenzug« gehalten. In roter Kleidung versammelt man sich nach der Frühsuppe und zieht nach dem Gebet mit »Salven und Trinken vor das Rathaus«, dann nach der Gelbinger Straße bis zu dem Brunnen außerhalb des Josefsturms.

Diejenigen Hofburschen, die den Siedershof zum ersten Mal mitfeiern, müssen hier um den Brunnen herumtanzen, und werden durch dreimaliges Bespritzen mit Wasser von den Ältesten eingeweiht. Hierauf geht der Zug zurück zum Kuchenhaus. Unterwegs wird bei allen Brunnen, desgleichen an dem Gasthof zum »Hirsch« mit Schüssen salutiert. Nach dem Mittagsmahl ist wieder Tanz auf dem »Unterwöhrd«. Am Sonntag nach Peter und Paul wird das Fest sodann mit Tanz beschlossen. Dabei wird der Vers gesungen:

Mei Muetter kocht mer Zwiebel und Fisch,
Rutsch her! Rutsch hin! Rutsch her!
Se weiß wohl, dass i's geare iss,
Rutsch her! Rutsch hin! Rutsch her!

Nach Haller Berichten. C. Sch.

Der Teufel und der Salzsieder.

Während in Hall ein Salzsieder bei der Nacht an der Arbeit war, erschien ihm der Teufel, steckte seine gewaltig lange Nase durch einen Wandspalt in den Siederaum des Halhauses und sagte: »Ist dees nit a Nooß?« Der Sieder, darauf nicht faul, füllt sogleich ein Gefäß mit siedendem Wasser, schüttet dies dem Teufel auf die Nase und sagt: »Ist dees nit a Guuß?« Worauf der Teufel den Salzsieder gepacket und ihn über den Kocher hinüber auf den Gänsberg geworfen, dabei die Worte sagend: »Ist dees nit a Wuuref.« Das alte Halles oder Siedhaus, in welchem dieses geschehen, hieß daher bis auf die neueste Zeit das »Geisterhalles«.

Aus Crusius II, 141.

Hans von Stetten und die Städtemeisterin.

In der ersten Hälfte des 15. Jahrhunderts lebte zu Schwäbisch-Hall Hans v. Stetten. Er galt viel im Rat der Stadt und soll u. a. im Jahr 1429 beim Kaiser bewirkt haben, dass die Haller das Blutgericht nicht mehr öffentlich, sondern bei verschlossenen Türen halten durften. Hans von Stetten soll nun der Erste gewesen sein, bei dem dies praktisch geworden. Dies ging aber also zu. Als einmal die Frau des Haller Städtemeisters, eine stolze Person, in der Michaelskirche zum Altar gehen wollte, trat ihr Hans von Stetten unversehens auf den Mantel. Um nun selber nicht zu fallen, griff er nach der Schnur einer über ihm hängenden Ampel, wodurch das Öl aus dieser floss und sich unglücklicherweise über den Schleier der Frau Stadtemeisterin ergoss. Es kam zu einem heftigen Wortgezänke, und Hans von Stetten hatte sich zuletzt den vollen Hass seiner Gegnerin zugezogen. Weiberhass aber ist kaum zu versöhnen und bringt immer Verderben. Dies sollte Hans von Stetten bald innewerden. Durch eine Kette von Lügen und Ränken brachte die Frau es dahin, dass Stetten vom Haller Rat unter dem nichtigen Vorwand, er habe das von Stettensche Schloss Sanzenbach wider Eid und Gelöbnis und ohne Vorwissen des Rats an eine fremde Herrschaft verkaufen wollen, des Verrats angeklagt und zur Verantwortung gezogen wurde. Auf Verrat stand nun im alten Hall die Todesstrafe. Das Blutgericht, vor dem sich von Stetten zu verantworten hatte, tagte hinter verschlossenen Türen. Das Volk hatte keinen Zutritt. Sonst wäre von Stetten sicherlich freigesprochen worden. So aber kam es soweit, dass eines Morgens auf dem Marktplatz der Blutbock aufgestellt wurde, und als hernach das Armesünderglöcklein schrillte, führten sie Hans von Stetten heraus, und sein Haupt fiel unter dem Streich des Henkers. Das geschah im Jahre 1432. Später kam jedoch die Unschuld des Gemordeten an den Tag, und die Städtemeisterin beichtete reuig ihre Schuld, ehe sie starb. Der Haller Rat aber bezahlte dem Sohne des Hans von Stetten eine jährliche Sühne von 100 Gulden.

Nach Haller Chroniken von C. Sch.

Der Letzte von Hohenstein.

Die Burg Hohenstein, im untern Bühlertal gelegen, war im 14. und 15. Jahrhundert ein Raubschloss, vor dessen Bewohnern kein Wanderer, selbst Vieh und Frucht auf dem Felde nicht sicher waren. Vom Letzten dieser Raubritter erzählt der Haller Chronist Widmann folgende Geschichte: Eine Frau aus Bayern hatte einen einzigen Sohn. Der war Weinfuhrmann und erwarb mit dieser Beschäftigung den Lebensunterhalt für sich und seine Mutter. Vom untern Neckartal ins Bayerland führte ihn der Weg an der Burg Hohenstein vorüber. Zweimal wurde er vom Hohensteiner gefangen genommen; aber beide Male befreite ihn seine Mutter durch ein Lösegeld. Als er nun zum dritten Male gefangen genommen wurde, konnte die Mutter kein Lösegeld mehr aufbringen. Sie trat daher vor den Hohensteiner und suchte ihn durch flehentliches Bitten zu erweichen. Dieser jedoch, ein hartherziger Mensch, rief aus: »Dein Sohn muss faulen im finstern Turm, wenn du ihn nicht durch Geld befreiest, und nun scher dich, du Hex!« Da wandte sich die Frau zum Gehen. Unterm Burgtor aber wandte sie sich um, und mit der Stimme einer Prophetin rief sie dem Hohensteiner zu: »Wohlan, du willst meinen Sohn faulen lassen. Doch ich werde dir einen Atzmann (eine zehrende Seuche) schicken, dass du noch eher draufgehen musst, als mein Sohn im Turme fault.« Da lachte der Ritter des zornmütigen Weibes und schalt sie eine alte Heddel. Doch merkwürdig! Die Worte der Frau wollten ihm nimmer aus dem Sinn, und als er sich des folgenden Tags mit andern Edelleuten auf der Burgbrücke unterhielt, hub er ganz plötzlich an zu schreien: »O, ich armer Mann! Die elende Hex will mich verbrennen!« Hierauf brachte man ihn zu den geistlichen Herren auf die Komburg. Die sollten seine irre Seele trösten, aber kein Zuspruch wollte verfangen. Der Ritter starb am andern Tag, und mit ihm erlosch das Geschlecht derer von Hohenstein.

C. Sch.

Die Waldenburger Fastnacht im Jahr 1570.

Anno 1570 den 7. Februar ist's zu Waldenburg übel hergegangen, hat sich ein leidiger Fall begeben. Da hat der leidige Satan aus Gottes Verhangnus eine schröckliche Tragödien und Spektakul angerichtet und als ein arger Schadenfroh sein Mütlein nach Lust gekühlt: darum soll man ihn nit über die Tür malen noch zu Gaste laden, dann er kommt wohl von ihm selbst, oder wo er gleich selbst nit hinkommt, da schickt er seine Boten hin.

Damals waren zu Waldenburg in der Fastnacht neben den Grafen und neben denen von Adel beieinander neun Gräfinnen. Deren etlich vermummten sich mit einem englischen schönen Habit, gingen daher in gar weißer Kleidung mit weißen papierenen Flügeln, wie man die Engel pflegt zu malen, und trugen auf ihren Häuptern weiße papierene Kronen, darinnen kleine Wachslichtlein brennten und leuchteten. Dagegen vermummten sich die Herren und der Adel mit einem scheußlichen Habit, ließen an ihre Hosen und Wammes, Arm und Beinen dick Werg von Flachs mit Faden stark annähen und anknüpfen, dass sie hereintraten zottig und zerlumpt, wie man die Kakodämones und schwarze Höllhund pflegt zu malen. Indem sie nun nach gehaltenem Tanz bei nächtlicher Weile um Zehneschlag auf dem oberen Saal bei dem Licht kniend einander ein Mummentanz bringen und mit dem Licht nicht fürsichtig umgehen, da gehet vom brennenden Licht das Werg unversehens an. Bald wird auf dem Saal ein großer Tumult und Auflauf, ein großer Schreck, Schreien und Klagen. Kunz v. Vellberg gibt alsbald die Flucht und also vermummt springt er die Schnecken hinab, dass er unversehens davonkommt und von den andern nit angesteckt wird. Aber Veltin von Berlichingen und Simon von Neudeck, auch Graf Albert von Hohenlohe (Neuenstein) verbrennen also hart, dass sie etliche Wochen zu Bett liegen müssen. Graf Georg v. Tübingen empfängt das Nachtmahl und stirbt... Mein gnädiger Herr Graf Eberhard verbrennt so hart, dass man ihm hernach alle Finger an beiden Händen musste vornen abschneiden, empfing das heilige Abendmahl und starb hernach den 9. Martii.

Nach der Trauerpredigt des Waldenburger Hofpfarrers Apin v. C. Sch.

Gründung des Klosters Murrhardt.

In der Kirche zu Murrhardt, welche an die berühmte Walderichskapelle angebaut ist, befindet sich ein altes Grabmal in Sargform aus Sandstein gehauen. Auf dem steinernen Totenschrein sieht man eine liegende Figur mit einer Krone auf dem Haupte. In der Rechten hält sie ein langes Schwert, in der Linken den Herrscherstab. Die lateinische Inschrift an der Seite des Sarges meldet, dass dieses Grabmal dem Andenken des Kaisers Ludwig des Frommen gilt, der im Jahre 840 nach Christi Geburt, im 27. Jahre seiner Regierung, im 64. Jahre seines bewegten und an schmerzlichen Erfahrungen so reichen Lebens gestorben ist. Er soll nach den Worten der alten Inschrift der Stifter des Klosters Murrhardt sein.

Wie bekannt, musste dieser Kaiser gegen seine eigenen ungeratenen Söhne, die sich gegen den Vater empört hatten, zu Felde ziehen. In der Nähe von Straßburg standen die Heere einander gegenüber. Aber in der Nacht vor dem entscheidenden Kampf wurde der unglückliche Fürst von seinen Kriegern verlassen. Die Treulosen gingen alle zu den Söhnen über. »Lügenfeld« hieß von da an der Ort, wo die Soldaten ihrem Kriegsherrn so schändlich den Eid brachen: Hilflos eilte der Kaiser mit einem einzigen Begleiter von dannen, um nicht in die Hände seiner unmenschlichen Kinder zu fallen. Über den Rheinstrom durch die wilden Tannengründe des Schwarzwaldes flüchtete sich der Unglückliche an die Ufer des Neckars und überschritt diesen Fluss an der Stelle, wo sich von Osten her die Murr in ihn ergießt. Im Murrtal wanderte er aufwärts durch dunkle Waldgründe und wilde Schluchten, ohne Rast, ohne Ruhe, gänzlich verlassen und einsam; denn der Oheim, sein treuer Begleiter, war ihm auf der Flucht gestorben.

Immer unwirtlicher und unwegsamer wurde die Gegend. Nirgends eine Spur von gesitteten Menschen, nirgends eine gastliche Hütte, eine freundliche Siedelung. Urwald deckte die rauen Höhen und die finstern Schluchten, durch die der Flüchtling sich mühsam den Weg bahnte. Da drang plötzlich der Ton eines fernen Glöckleins an des Kaisers Ohr. Aufhorchend folgte er den Tönen. Er arbeitete sich durch das Dickicht zum Eingang einer Höhle am Talhang über der Murr. Ein Greis in der Tracht eines Einsiedlers trat dem

Wanderer entgegen. Es war *Walderich*, der hier in einsamer Waldklause ein Leben der Andacht und der Weltentsagung führte. Bei ihm fand der Kaiser endlich eine sichere Zufluchtsstätte. Unerkannt lebte er bei dem frommen Mann in der Felsenklause; denn Ludwig gab sich für einen fränkischen Ritter vom Rhein aus, der vor der Übermacht seiner Feinde habe fliehen müssen.

Aber in einer Nacht wurde dem Einsiedler eine merkwürdige Offenbarung im Traum zuteil. Er glaubte, die Gestalt Kaiser Karls des Großen zu sehen, und eine Stimme rief ihm zu:»Bruder Walderich, den du beherbergst, ist der Gesalbte des Herrn, Ludwig, den seine Söhne vom Thron gestoßen. Aber der Herr wird ihn wieder erhöhen und ihm wieder seinen Thron geben!« Am andern Morgen erzählte der Klausner dem fremden Gaste seinen Traum. Da gab sich dieser zu erkennen. Aber noch lange beherbergte Walderich seinen flüchtigen Kaiser.

Da drang vom Rheine frohe Kunde. Sogar in dieses weltferne Tal wurde sie von fürstlichen Jägern getragen: Die Söhne des Kaisers bereuten ihre Freveltat und bemühten sich, den Aufenthalt des Vaters zu finden, um ihn wieder auf den Thron zu setzen. Da war für den Flüchtling des Bleibens nicht länger. Mit frommen Dankesworten schied Ludwig aus der stillen Klause. Zum Zeichen seiner kaiserlichen Huld schenkte er dem Klausner das Grundstück, auf dem seine Höhle lag, damit niemand hinfort das Recht hätte, ihn daraus zu vertreiben. Ja, er versprach dem frommen Manne, es soll eine Kirche und ein Kloster drunten im Tale gebaut werden, und Murrhardt soll deren Name sein.

Der Kaiser hielt Wort. Aus seiner Residenz in Frankreich sandte er tüchtige Baumeister und Steinhauer in die waldige Gegend an der Murr. Bald erhob sich in der einsamen Wildnis ein herrliches Gotteshaus, die schmucke Walderichskapelle und ein Kloster, das für zwölf fromme Brüder Raum bot und von einem schönen Garten und einer hohen Mauer umgeben war. Walderich, der Klausner, wurde der erste Abt dieses Klosters.

Und als der Kaiser nach kurzer Zeit gen Ulm zum Reichstag zog, kehrte er in Murrhardt ein und verlieh dem Kloster durch Brief und Siegel all das Gebiet rings umher zu Nutz und Frommen der

Brüder. Walderich starb hochgeehrt im höchsten Greisenalter. Sie begruben ihn droben am Bergeshang, an dem Ort, wo seine Klause stand, und erbauten über seinem Grabe ein Kirchlein.

Heute noch liegt die Walderichskirche auf grünem Hügel über Murrhardt inmitten eines Totenackers, der schon über tausend Jahre zum Begräbnis der Talbewohner dient. Sie zeigt frühromanische Bauart und an der Nordseite zwei merkwürdige Steine, in die Mauer eingefügt: Der eine hat zwei springende Löwen, das Wappen der Grafen von Löwenstein, der andere das Lamm Gottes und das Brustbild der Maria. Links vom Westeingange der alten Kirche finden wir den Opferstock, der aus Bruchstücken des wundertätigen Walderichsteines besteht. Dies ist der Stein, der einst das Grab des Heiligen im Innern der Kirche deckte. Sieche und Bresthafte aller Art wallfahrteten von nah und fern zu diesem Gnadenorte, dem Grabe des Heiligen. Die Mönche im Tal, eifersüchtig auf den Ruhm des toten Walderich, ließen zu wiederholten Malen den Grabstein von seiner Gruft abnehmen und auf den Waltersberg schaffen. Jedes Mal aber lag der Stein, ein sogenannter Schwebestein, am nächsten Morgen wieder an seiner alten Stelle über dem Grabe des Heiligen. Da ließen ihn die neidischen Mönche in Stücke zerschlagen. Aber auch diese behielten ihre Wunderkraft. Aus ihnen wurde der jetzige Opferstock der Kirche hergestellt, der die Gaben der frommen Pilger aufnimmt, wenn in der Karwoche zum Grabe des Heiligen gewallfahrtet wird.

Fr. Hummel.

Das steinerne Kreuz bei Löwenstein.

Vor vielen hundert Jahren lebte zu Löwenstein der Jägerbursche Gilg, ein junger schmucker Mensch, dem das grüne Jagdkleid und der Hut mit den kecken Adlerfedern gar wohl standen. Ritt er mit seinem Grafen zur Jagd, die Armbrust auf dem Rücken und die bellenden Rüden an der Leine, so schaute ihm manches Auge mit Wohlgefallen nach. Auf dem »Stutz« bei den Linden gab es am Sonntag keinen gewandteren Tänzer als Gilg und abends, wenn die Paare beim Wein im Löwenwirtshause saßen, keinen besseren

Sänger als ihn. Was Wunder, dass ihm die Mädchen hold waren und jede wünschte, ihn einmal zum Manne zu bekommen.

Ganz besonders zwei Mädchen hatten ihr Auge auf ihn geworfen: die schwarze Käte beim unteren und die blonde Liese am oberen Tore. Und auch Gilg sah diese beiden gern, denn sie waren, jede in ihrer Art, die schönsten Mädchen des Städtchens und dazu auch vermöglich; denn ihre Väter besaßen schöne Weinberge und Obstgärten an den sonnigen Halden des Löwensteiner Berges. Doch wusste Gilg nicht, welcher von beiden er den Vorzug geben sollte. Stieg er vom Pürschgange den steilen Weg herauf, der vom tief gelegenen Teußerbad zum Städtchen führt, so hatte er seine Freude, wenn die schwarze Käte beim unteren Tor vor ihrem Hause saß und in ihrer kecken Art mit ihm plauderte. Beim Weggehen dachte er dann regelmäßig: »Diese und keine andere soll mein Weib werden!« Doch war dieser Vorsatz sofort wieder vergessen, wenn er am obern Tor vorbeikam und hier die blonde Liese unter der Tür erblickte. Sie plauderte zwar nicht so gern und viel wie die Käte; aber ihre stille Anmut gefiel ihm so gut, dass er dann der Käte vergaß und dachte: »Nur dich allein kann ich lieb haben!« Was er dachte, sagte er weder der einen noch der andern, und obgleich ihm der Graf ein kleines Lehen gegeben und ihm auch das Heiraten erlaubt hatte, so griff er doch nicht zu und schwankte hin und her, von der einen zu der andern. Darüber verging Jahr um Jahr, und die Mädchen, die jede andere Werbung ausgeschlagen, wurden älter und älter und klammerten sich nun um so fester an ihre stille Hoffnung. Da jede der andern die Schuld dafür beimaß, dass der Jäger zu keinem Entschlusse kam, wurden sie einander feind, spinnefeind, sodass keine die andere mehr anschauen mochte und sie einander aus dem Wege gingen, wo sie nur konnten.

Nun geschah es, dass die schwarze Käte einmal in den Wald ging, um Gras zu holen. Sie stieg hinab in das Tal, wo das Sulmbächlein durch grüne Wiesen eilt, und dann ging's hinauf zu den Bergen, die auf breiter Ebene einen waldumkränzten See tragen. Der See speist die Mühlen des Tales, und der Graf benützte ihn, Karpfen und hechte darin zu ziehen. Es war ein sonniger Frühlingstag; die Vögel sangen in den Zweigen, und mit leisem Hauche strich der Wind über den schimmernden Spiegel des Waldsees, ihn kräuselnd zu sanften Wellen. Käte hatte für all' diese Schönheiten keine Augen. Sie dachte an den Jäger und an die blonde Liese, und bitterer Groll quoll in ihrem Herzen gegen sie auf. Nicht fern vom See, wo steil der Fußpfad hinübersteigt zum Bottwartal, liegt ein waldiger Grund, in dem es Gras die Fülle gibt, hier stellte Käte den Korb zur Erde, zog das Mieder aus und fing an, mit der scharfen Sichel das Gras abzuschneiden. Kaum hatte sie ihre Arbeit begonnen, so hörte sie neben sich etwas rauschen; die Zweige bogen sich auseinander, und heraus trat die blonde Liese, einen Korb voll Gras auf dem Kopfe. Überrascht standen die beiden Mädchen einander gegenüber und maßen sich mit feindseligen Blicken. Dann aber wollte Liese schnell weitereilen, an ihrer Nebenbuhlerin vorbei. Diese aber konnte sich die Gelegenheit nicht entgehen lassen, ihrem Groll und ihrer Eifersucht Luft zu machen. Mit spöttischem Ton fragte sie: »Hat dir der Jäger geholfen, dass du so bald fertig bist?« Zornig erwiderte Liese, dass sie das nichts angehe. Damit war ein Streit begonnen, der heftig und immer heftiger wurde und endlich gar zu Tätlichkeiten führte. Die heißblütige Käte schlug die Liese mit der Sichel über den Kopf, dass die Spitze sich herabbog bis zum Halse und dort die Schlagader durchschnitt. Mit einem gellenden Aufschrei sank die Unglückliche zu Boden. Das rote Blut rieselte ihr wie ein Bächlein über Hals und Brust. Als das die Käte sah, ließ sie die Sichel fallen und floh entsetzt in den Wald hinein. Dort irrte sie weglos durchs Gesträuch und kehrte erst in die Heimat zurück, als schon längst die Nacht hereingebrochen war.

Die Liese hatte sich unterdessen verblutet. Ein Holzhauer, der zufällig des Weges kam, fand sie tot in einer Lache von Blut liegen. Er brachte die Kunde von der Tat nach Löwenstein. Unter dem Zulauf der Leute wurde die Tote ins Städtchen gebracht, mit ihr auch Korb, Sichel und Mieder der Käte, die sie bei der eiligen Flucht zurückgelassen hatte. Noch in selbiger Nacht wurde die Käte verhaftet und in den oberen Torturm, den »Tollehans«, gebracht. Am andern Tag vor Gericht gestellt, leugnete sie ihre rasche Tat nicht. Obgleich sie tiefe Reue zeigte, wurde sie doch nach den strengen Gesehen der damaligen Zeit zum Tode verurteilt und auch nach wenigen Tagen draußen auf dem Stutz, wo sie sich so oft in froher Jugendlich im Tanz geschwungen, durch den gräflichen Scharfrichter vom Breitenauer Hof enthauptet.

Gilg, der Jägerbursche, war von da an gänzlich verwandelt. Seine Züge wurden durch kein Lachen mehr erhellt, und weder bei Tanz noch bei Wein und Sang war er mehr zu sehen. Einsam strich er durch Wald und Feld, seinen trüben Gedanken nachhängend. Als kurz darauf die verbündeten schwäbischen Städte im Gebiet des Grafen Eberhard II von Württemberg einfielen und Graf Albrecht von Löwenstein dem Württemberger gegen sie zu Hilfe zog, da erbat sich Gilg die Erlaubnis, als reisiger Knecht auch mitziehen zu dürfen. Der Graf erlaubte es ihm. Bei Döffingen im Gäu, wo die Städter den festen Kirchhof belagerten, kam es im August 1388 zur Schlacht. In ihr fiel Graf Albrecht von Löwenstein und an seiner Seite auch Gilg, sein Jägerbursche. Im Kirchhof zu Auffingen fand er sein Grab. Den toten Grafen brachte man nach Löwenstein, wo er in der Kirche beigesetzt wurde. Sein Grabstein ist noch erhalten und in die Mauer des sogenannten Lustgartens beim fürstlichen Schlosse eingefügt. Auch die Stätte, wo die blutige Tat im Wald geschehen ist, wird noch gezeigt. Ein altersgraues Kreuz aus Stein, ohne Namen und Inschrift, durch die Länge der Zeit tief eingesunken in den Waldesboden, bezeichnet den Ort. Ringsum rauscht der Wald, der von dem Denkstein den Namen »Steinernes Kreuz« erhalten hat.

Mündlich. K. Rommel-R.

Weinsberger Sagen.

Die Weibertreu.

Durch treue Weiber, Wein und Sang
Hat Weinsberg einen guten Klang.

An die malerische Burgruine auf dem rebenumkränzten Berge bei Weinsberg knüpft sich eine liebliche Sage, die mit goldenen Lettern aus der Geschichte des dunkeln Mittelalters hervorleuchtet und die Tugend der deutschen Frauen für alle Zeit im Ruhmesglanze zeigt. Zahllose Sänger und Dichter haben die alte Märe schon verherrlicht; und doch wird sie immer neu und schön bleiben.

Heiß entbrannte im 12. Jahrhundert in Süddeutschland der Kampf zwischen den Herrscherhäusern der schwäbischen Hohenstaufen und der bayerischen Welfen. Damals führte Konrad III, der erste Kaiser aus hohenstaufischem Geschlecht, das Zepter des Reiches. Der stolze Herzog Heinrich Welf von Bayern verweigerte ihm den Gehorsam. In der Nähe seiner getreuen Stadt Weinsberg hatte der Welfe seine Streitkräfte gesammelt. Konrad zog heran und schlug sie in hitzigem Gefechte. Die feindlichen Ritter zogen sich auf die Burg bei Weinsberg zurück, die auf steilem Hügel erbaut und von festen Mauern und Türmen umschirmt jedem Angriffe Trotz bot.

Der Kaiser aber hielt die Feste mit seinem Heere eng umschlossen. Da alle Stürme abgeschlagen wurden, so beschloss Konrad, der feindlichen Burg die Zufuhr abzuschneiden. Und der Hunger bezwang gar bald die tapferen Feinde. Die Besatzung der Burg musste sich auf Gnade und Ungnade ergeben. Aufs Äußerste erbittert über den trotzigen Widerstand, den er gefunden, und doch ein Held von ritterlichem Sinn, befahl der Kaiser: Alle männlichen Verteidiger der Burg müssen sterben, die Frauen aber dürfen frei abziehen, und jede hat dazu noch das Recht, was ihr das Liebste ist, mit sich aus der Burg zu nehmen. Die Stunde der Übergabe der Burg nahte heran. Weit öffneten sich die Tore der Feste. Und von der Höhe, den steilen Burgweg herab, zog langsam ein Zug edler

Frauen, und auf dem Rücken trug eine jede das Liebste, was sie besaß: den Gemahl. So nahten sie sich, keuchend unter der teuren Bürde, dem Herrscher, der auf hohem Rosse am Fuße der Burg die Gefangenen erwartete.

Verwundert blickte des Kaisers Gefolge auf den seltsamen Zug, und manche spöttische Rede wurde aus den Reihen der eisengepanzerten Männer laut. Ernst aber blickte des Kaisers Kanzler und meinte streng: So war es nicht gemeint! Aber mild lächelnd sprach der Herrscher: Lasst sie in Frieden ziehen! An einem Kaiserwort soll man nicht drehen und deuten!

So geschehen zu Weinsberg im Dezember des Jahres 1140 nach der Geburt unseres Herrn! Der Sänger der Weibertreu, Justinus Kerner, hat im Andenken an dieses Ereignis über den Eingang der Burgruine die Worte setzen lassen:

Getragen hat mein Weib mich nicht,
Aber ertragen!
Das ist ein schwereres Gewicht,
Als ich mag sagen.

    Fr. Hummel.

Das Weinsberger Fass.

Wie andere schwäbische Städte, so war auch Weinsberg einmal eine Reichsstadt. Es verlor aber schon früh wieder seine Freiheit und das auf eine höchst merkwürdige Weise. In einer dunkeln Nacht des Jahres 1440 geschah es nämlich, dass ein mit Pferden bespannter Wagen vor das Stadttor zu Weinsberg kam. Da das Tor schon geschlossen war, so rief der Fuhrmann den Torwart an, man möchte ihm doch öffnen; er sei von der Nacht übereilt worden, könne deshalb Heilbronn nicht mehr erreichen und müsse wohl oder übel in Weinsberg über Nacht bleiben. Da es draußen stürmte und regnete und die Zeiten sehr unsicher waren, so öffnete man ihm gutmütig das Tor, und der Mann fuhr mit seinem Wagen herein. Auf diesem war ein Fass geladen, so groß, wie man es in Weinsberg noch nie gesehen hatte. Vor dem nächstgelegenen Wirtshause spannte der

Fuhrmann seine Pferde aus, trank in der Gaststube noch einen Schoppen Wein und begab sich dann zu Bette: »Denn,« sagte er, »ich bin müde und muss morgen mit dem frühesten weiterfahren, damit ich das Versäumte wieder hereinbringe.«

Nach Mitternacht aber, als die ganze Stadt im Schlafe lag, wurde es in dem Fasse lebendig. Der Fassboden tat sich auf und heraus stiegen ganz sachte und leis mehrere Gewappnete. Auch der Fuhrmann kam herbeigeschlichen, und nun ging's dem Torhäuslein zu, wo die Nacht über drei Bürger die Wache hielten. Diese versahen sich nichts Böses, lagen auf der Bank und plauderten miteinander. Da ging die Türe auf, herein stürzten die Gewappneten vom großen Fass, und ehe die Wächter vor Schrecken einen Laut von sich geben konnten, waren sie von den Eindringlingen schon niedergemacht. Nun wurde das Tor weit geöffnet und ein großer Schwarm von Rittern und Knechten, der vor der Stadt im Hinterhalt gelegen war, drang herein, besetzte Tore und Türme und schlug jeden Widerstand mit eiserner Faust nieder. Die erschrockenen Bürger konnten nichts anderes tun, als sich eben in ihr Schicksal ergeben, denn der Feinde waren es zu viele.

Kunz von Bebenburg, die Edeln von Urbach und andere Adelige hatten sich mitten im Frieden diesen kecken Streich geleistet. Todfeinde der Städte und vertrauend auf die Machtlosigkeit und Gleichgültigkeit des Kaisers, hofften sie bei diesem Anschlag ein gutes Geschäftchen zu machen. Es gelang ihnen dies auch über Erwarten: Denn der Kurfürst von der Pfalz, der schon lange ein Auge auf Weinsberg hatte, kaufte ihnen die eroberte Stadt um dreihundert Gulden ab, die aber die Weinsberger selber bezahlen mussten.

Wohl forderte der Kaiser die Stadt wieder zurück. Da er aber seinen Worten keinen Nachdruck verleihen konnte, so scherte sich der Kurfürst wenig um diesen Befehl. Auch der schwäbische Städtebund, dessen Mitglied Weinsberg gewesen war, mochte und konnte gegen den mächtigen und gewalttätigen Kurfürsten nichts ausrichten. So wurde Weinsberg eine pfälzische Stadt und blieb dies auch bis zum Jahr 1504, wo es von Herzog Ulrich erobert und mit dem Württemberger Lande für immer vereinigt wurde.

Nach Dillenius u. Kerner von K. Rommel-R.

Der Keltergeist.

Zu Weinsberg steht in der oberen Gasse die alte Stadtkelter. Sie ist nur offen, wenn im Herbst an den sonnigen Berghängen der Weibertreu und des Schemelbergs die Trauben zur Reife gekommen sind. Dann knarren Tag und Nacht in ihr die schweren Kelterbäume unter dem Druck der Spindeln, und heraus quillt ein süßer Born, der neue Wein. Ist der »Herbst« vorbei, so wird die Kelter wieder geschlossen, und der mit den leeren Bütten und Gelten der Weingärtner angefüllte Raum gehört nun dem Keltergeist, der allda sein Wesen treibt. Er wird zwar selten gesehen, doch dann und wann gehört. Wenn ein reiches Weinjahr in Aussicht steht, so tut er es den Leuten schon zur Zeit der heiligen Nächte (zwischen Weihnachten und Neujahr) kund. Ist gar ein außerordentliches Weinjahr zu erwarten, so wird's in der ganzen Kelter lebig, und ein Glückskind kann durch die Wand hindurch die »Geisterkelter« schauen und zum Voraus den kommenden Herbstsegen.

»Es sinkt die Wand, im hohlen Raum
Erhebt sich stolz ein Kelterbaum,
Und um ihn dreht in vollem Schwung
Sich jauchzend, glühend alt und jung,
Und aus den Röhren purpurhell,
Vollblütig springt des Mostes Quell;
Ein sausend Mühlrad tobt der Reih'n,
Die Schaufeln treibt der wilde Wein.«

Doch: »Dröhnt der Hammer dumpf und schwer
zwölfmal vom grauen Kirchtum her;
Der Jubel schweigt, der Glanz erlischt.
Die Kelter ist hinweggewischt.«

In Weinsberg freut sich über die wunderbare Kunde Jung und Alt

»Denn wann die Geisterkelter schafft,
Ist guter Herbst unzweifelhaft.« (L. Uhland.).

Auch im nahen Rathauskeller treibt der Geist seinen Spuk und klopft an die Fässer, um zu sehen, ob sie für das kommende reiche

Weinjahr auch leer sind. Der Geist heißt darum das »Klopferle«. Theobald Kerner weiß von ihm zu sagen:

Ein Geist, in Weinsberg wohlbekannt,
Wird dort der Klopferle genannt.
Stadtküfer einst, kann ob der Sünden
Im Grab er keine Ruhe finden.
Wer ihn im Rathauskeller sieht,
Der schreit, indem er aufwärts flieht:
»Der Klopferle, der Klopferle,
O je, ich hab' den Klopferle, den Klopferle geseh'n!«

Jedoch er ist als Geist nicht schlimm,
Nach Besserung gelüstet ihm.
Er schaut prophetisch in die Ferne
Und kündet drum auch froh und gerne
In heil'ger Christnacht, wann der Wein
Wird nächsten Herbst ein guter sein:
Dann klopft er, klopft und klopft und klopft.
Wie er als Küfer hat geklopft.

    K. Rommel-R.

Heilbronner Sagen.

St. Kilian.

Das altehrwürdige Gotteshaus in Heilbronn, das mit seinem kunstvollen Turme als ein Wahrzeichen der Stadt seit langen Jahrhunderten die Blicke und Gedanken der Sterblichen nach oben lenkt, trägt den Namen des heiligen Kilian. Auf dem Platze, wo die stattliche Kirche sich heute erhebt, soll einst jener fromme Glaubensbote den heidnischen Alemannen das Wort vom Kreuze verkündigt und die Neubekehrten im kräftig sprudelnden Heilsbrunnen durch die Taufe zu Christen geweiht haben. Der wichtigste Schauplatz seiner Missionstätigkeit war aber die Gegend um Würzburg. Dort herrschte um den Ausgang des 7. Jahrhunderts der mächtige Frankenherzog Goßbert. Kilians Predigt rührte sein Herz. Er empfing die hl. Taufe. Nun hatte Goßbert, wie einst jener Herodes im Evangelium, seines Bruders Weib zur Frau genomen. Und wie dort Johannes des Täufers Stimme, so erklang hier Kilians Bußruf: Es ist nicht recht, dass du sie habest! Der Herzog fühlte sein Gewissen bedrängt. Aber es kam ihn hart an, sich von der geliebten Frau zu scheiden. Er hatte nicht die Kraft und den Mut, sie zu verstoßen. Da unternahm er einen Kriegszug. Nach seiner Rückkehr wollte er das ernste Gebot des Gottesmannes wohl vollziehen.

Die Frau, Geila war ihr Name, hatte den bittersten Hass auf Kilian geworfen. Während der Herzog abwesend war, ließ sie den frommen Glaubensboten samt seinen Gehilfen heimlich töten und begraben. Der Herzog kam endlich vom Feldzuge nach Hause. Da er Kilian nicht fand, erkundigte er sich, was mit ihm geschehen sei. Die Herzogin sagte, er sei auf einer Reise, um eine Kirche zu weihen. Doch der Betrug war umsonst; das Verbrechen kam an den Tag. Die Diener der Herzogin, die auf Befehl ihrer Herrin die frommen Glaubensboten getötet hatten, bekannten, von Reue getrieben, in wilder Verzweiflung ihre Sünde.

Auch die Herzogin selbst wurde von heftigen Gewissensqualen ergriffen und schrie in größter Seelenangst: Kilian, dein Gebet tut mir weh! Und so starb sie.

Der Herzog, erschüttert von dem schrecklichen Vorfall und bekümmert um den Tod des frommen Mannes, erforschte, wo Kilian begraben worden sei. Man grub den Leichnam aus und legte ihn an einen heiligen Ort, dahin nämlich, wo sich heute über seiner Gruft das neue Münster zu Würzburg erhebt. Dies geschah, so berichtet der Chronist, im Jahre nach Christi Geburt 689.

Fr. Hummel.

Das Kätchen von Heilbronn.

Am Markt der Stadt Heilbronn steht noch heute ein hohes, altertümliches Haus, mit einem Erker auf die Straße. Es ist das sog. Kätchenhaus. Dort wohnte, wie die Sage meldet, Theobald Friedeborn, mit seinem schmucken Töchterlein Käte, einem Wesen von zarter, frommer und lieber Art wie ein Engelein. Ging sie in ihrem bürgerlichen Schmuck über die Straße, das schwarzsamtene Leibchen, das ihren Busen umschloss, mit seinen Silberkettlein behängt, so flüsterten die Leute einander zu: »Sieh, das Kätchen von Heilbronn!«

Nun lebte zu dieser Zeit in Schwaben ein Graf Wetter von Strahl, reich und angesehen, voll Mut und Kraft und Feuer der Jugend. Diesem erschien, als er einst todkrank darniederlag, im Fieberwahn ein glänzender Cherub, führte ihn weit weg in die Kammer eines schönen Kindes, zeigte es ihm als seine künftige Braut und verkündete ihm, es sei die Tochter des Kaisers. In derselben Nacht sah Kätchen in ihrem Hause in Heilbronn im gesunden Traum einen schimmernden Ritter in ihre Kammer eintreten, der sie als Braut begrüßte.

Wochen, Monate gingen über diese wunderbare Verkündigung dahin. Da sprengt eines Tages ein gepanzerter Ritter, eben jener Graf von Strahl, mit seinem Tross vor des Meisters Friedeborn Haus am Markte zu Heilbronn, steigt vom Pferd und tritt in die Werkstatt des Waffenschmieds, das Haupt tief gebeugt, um mit den Reiherbüschen, die ihm vom Helme nicken, durch die Tür zu kommen. Am Panzer des Ritters ist eine Schiene gesprungen, die der Waffenschmied wieder zusammenschweißen soll. Während dieser sich hurtig an die Arbeit macht, ruft er in die Wohnstube hinein nach Wein und Schinken zum Imbiss für den Ritter. Da öffnet sich die Türe, und in die rußige Werkstätte tritt züchtig und schamhaft, Speise und Trank auf einem Silberteller tragend, ein holdes Mädchen herein, Kätchen. Wie sie des Ritters ansichtig wird, lässt sie plötzlich Teller samt Becher und Imbiss fallen und sinkt halb bewusstlos vor ihm in die Knie. Der Graf nimmt ihre Hand und erkundigt sich teilnehmend, was dem guten Kind fehle. Mägde eilen herbei und jammern. Das ganze Haus gerät in Aufregung. Da erholt sich Kätchen allmählich und wird, die Augen immer noch unverwandt auf den Ritter gerichtet, von den Dienerinnen hinweggeführt. Als dann der Schaden an der Waffenrüstung des Ritters ausgebessert ist, steigt dieser gedankenvoll zu Rosse, um hinwegzureiten. In dem Augenblick stürzt sich des Waffenschmieds Töchterlein oben aus dem Fenster ihres Hauses, dreißig Fuß hoch auf das Pflaster der Straße herab, und bricht beide Lenden.

Sechs Wochen liegt sie zum Tode krank im hitzigen Fieber und kein Mensch vermag ihr das Geheimnis, das in ihr waltet, zu entlocken. Endlich, als sie sich erholt hat, schnürt sie ihr Bündel und verlässt das Vaterhaus mit den Worten: »Zum Grafen Wetter von Strahl.« Denn sie hatte in ihm in dem Augenblick, als sie ihn in des Vaters Werkstatt plötzlich erblickte, jenen Ritter erkannt, der ihr im Traume als ihr Verlobter erschienen war. So folgte sie nun dem Ritter als dienende Magd wie ein Hündchen, fromm und ergeben überall hin, wohin der Graf sich wandte. Dieser kann sich das seltsame Gebaren des Mädchens nicht erklären. Ihre kindliche Anhänglichkeit erscheint ihm als Aufdringlichkeit und belästigt ihn. Er heißt sie erst freundlich und mit sanfter Bitte zu ihrem Vater zurückzukehren: Sie kann und will nicht. Sie wird von dem geliebten Mann herb und hart gescholten, mit Schmach zurückgestoßen und mit Verachtung behandelt; aber sie ist immer wieder da und folgt ihm auf allen seinen Zügen.

Ihre Anhänglichkeit und Treue rührt ihn endlich; aber der hohe stolze Graf darf und kann doch kein Bürgermädchen lieben. Da trifft er einst das gute Mädchen, wie es mit wund gelaufenen Füßen, müde und erschöpft unter einem Holunderstrauch vor den Mauern seiner Burg liegt und schläft und im Schlafe redet, was schon lange ihr Herz erfüllt. So erfährt er ihr Geheimnis. Er hört, dass sie die Verheißene sei, die ihm einst im Traum gezeigt worden war. Es stellt sich auch heraus, dass das angebliche Waffenschmiedstöchterlein in Wirklichkeit eine Kaiserstochter ist. Und so steht der Vereinigung der beiden geheimnisvoll Verlobten nichts mehr im Wege. Kätchen wird die Frau des hochgeborenen Grafen Wetter von Strahl.

Nach Kleist von H.

Der große Hecht im Böckinger See

Kaum eine Viertelstunde oberhalb der aufblühenden Stadt Heilbronn liegt, ziemlich abseits vom Neckar, das Pfarrdorf Böckingen, das mit seinen siebentausend Einwohnern manche württembergische Oberamtsstadt an Größe hinter sich lässt. Ehemals gehörte es zum Gebiete der benachbarten Reichsstadt, und ein Teil des Neckars floss in den ältesten Zeiten wahrscheinlich dicht am Dorfe dahin. Wenigstens scheint der sogenannte Böckinger See der Überrest eines solchen Neckararms zu sein; denn obgleich er durch einen breiten Wiesenplan vom Flusse getrennt ist, so hat sein Wasser doch immer dieselbe Höhe wie dieser und steigt und fällt mit ihm. Heute ist er durch planmäßige Ausfüllung seines Beckens mit Bauschutt und Erde nur noch ein bescheidener Ententeich. In früheren Jahrhunderten hatte er eine Breite von 20-45 Meter, eine Länge von 600 Meter, und sein Wasser bedeckte eine Fläche von 11-1/8 Morgen. Er war berühmt durch seinen Fischreichtum.

Im Jahre 1230 weilte der hochberühmte Hohenstaufe Friedrich II in den Mauern von »Hailprunn«, und die junge Stadt erhielt durch die Gnade des Kaisers hervorragende Rechte und Freiheiten. Dafür verehrten die Bürger dem Herrscher unter anderem einen Hecht von seltener Größe und Schönheit, den ein Fischer im Neckar gefangen hatte. Der Kaiser staunte nicht wenig über das herrliche Tier und setzte es lebend, wie man es ihm geschenkt hatte, in den Böckinger See in der Nähe der Stadt. Zuvor aber ließ er dem Fische einen kupfernen Ring um den Hals befestigen, auf dem standen die Worte: »Ich bin der Fisch, welchen Kaiser Friedrich der Andere mit seinen eigenen Händen in diesen See gesetzt, den 5. Oktober im 1230. Jahr nach der Geburt Christi.«

Jahrhunderte vergingen. Kein Mensch dachte mehr an den Kaiser, dessen erlauchtes Geschlecht leider so bald vom Unglück hinweggerafft wurde, und noch weniger an den Fisch dort im stillen tiefen Böckinger See. Da, im Jahre 1497 geschah das Merkwürdige: Aus den Fluten des Sees zog man eine seltene Beute. Ein Riesenhecht von mehr als Manneslänge, mit breiter Schnauze und bemoostem Kopfe, ein wahres Ungeheuer von Fisch, zappelte im Netze des Fischers. Und siehe, an seinem Halse, tief ins Fleisch hineingewachsen, trug er den kupfernen Ring mit der oben genannten Inschrift. Auf dem Rathause der Stadt stellte man das Wundertier zur Schau aus. Die Chronik des Rats wurde aufgeschlagen. Da fand man die Geschichte von dem alten Hechte, der dem Hohenstaufenkaiser verehrt worden war. So hatte denn der Fisch 267 Jahre im Böckinger See sein Leben gefristet und Menschen- und Herrschergeschlechter überlebt.

Zum Andenken an das seltsame Ereignis ließ der Rat der freien Reichsstadt das naturgetreue Bild des Hechtes über dem Eingang zur alten bedeckten Neckarbrücke anbringen. Und noch heute prangt die Tafel mit dem Bilde des Fisches vor der Türe des Rathaussaales in Heilbronn, und jedes Kind weiß die Geschichte von dem großen Hecht im Böckinger See.

Fr. Hummel

Der Holgeist

(Vom unteren Neckar)

Es hat sich der Fährmann zur Ruhe gelegt
Mit Weib und Kind.
»Frau, hörst du, wie sich der Laden bewegt?«
»Es ist der Wind!«
»Nein, horch, vom Flusse tönt Holgeschrei!
Ich möchte nur wissen, wer das noch sei!
Von hier ist niemand mehr drüben.«
Und lauter und näher der Holruf erscholl
Vom Flusse her.
Da fasst den Fergen ein tiefer Groll;
Er seufzt wohl schwer:
»Man lässt mir nicht Ruh' bei Tag und bei Nacht,
Und hab' ich die Augen kaum zugemacht,
So muss mich ein Störenfried wecken.«

Er hebt sich vom Lager, schlüpft schnell ins Gewand,
»Hol!« ruft es, »Hol!« –
Nimmt rasch die schwere Laterne zur Hand;
Nun, Schlaf, fahre wohl!
Dann eilt er zur Fähre; dort liegt sein Boot.
Was tut man nicht alles ums liebe Brot!
– »Seid still! Ich hole euch über!«

Schon steht er im Nachen, die Kette ist los.
»Hol!« tönt es fort.
Nun zwingt er das Fahrzeug mit kräftigem Stoß
Vom hohen Bord.
Es mischt sich des Lichtes zitternder Glanz
Mit irrenden Wellen zum nächtlichen Tanz;
So gleitet der Nachen hinüber.

Der Ferge blickt auf zu des Ufers Wand:
»Wer rief nach mir?«
Doch Stille herrscht rings auf Strom und Land:

»Ist niemand hier?«
Nein, nirgends ein Wandrer, nicht weit noch breit.
Der »Holruf« schweigt, nur das Käuzchen schreit
Dort hinten aus leuchtenden Weiden.

Doch plötzlich der Nachen, er schwankt und bangt
Vom schweren Tritt,
Und eine hohle Stimme verlangt:
»Nun, nimm mich mit!«
Da regt der Ferge das Ruder voll Hast:
Der Nachen geht tief, wie von riesiger Last
Unsichtbar, o Schrecken! beschweret.

Den Fährmann erfasst es wie kalter Graus;
Er spricht kein Wort.
Es bläst ihm schnell die Laterne aus;
Er steuert fort.
Schon stößt der Nachen an sichern Strand.
Ein mächtiger Schritt erdröhnt vom Land.
Das Schifflein tanzt leicht auf den Wellen.

Der Ferge legt still das Ruder beiseit,
Verlässt das Boot.
Da leuchtet ihm durch die Dunkelheit
So feurig rot
Vom Sitzbrett des Nachens ein Groschen, wie hell:
»Das ist dein Fährlohn, wackrer Gesell!«
So tönt es vom Ufer hernieder.

Was soll er tun, der bestürzte Mann?
Ihn zwingt die Not.
Keck fasst er den glühenden Groschen an,
Und wär's sein Tod.
Nicht brennt ihn der Finger, 's ist ehrliches Geld.
Er hat's in der Tasche den Kreuzern gesellt,
Das Silber zu fünfzig Stück Kupfer.

So kehrt er nach Hause, die Tasche so schwer.
Der Groschen war schuld.
Sein Weibchen fragt hastig die Kreuz und die Quer Voll Ungeduld.
Der Ferge spricht leise mit bebendem Mund:

»Ich habe den ›Holgeist‹ geführt zur Stund,
Den Holgeist, den Riesen vom Neckar.«

Als drauf nach ruhlos entschwund'ner Nacht
Der arme Wicht
Die Tasche leert mit gutem Bedacht
Beim Morgenlicht,
Da fand sich der Groschen des Holgeist's, so neu
Und fünfzig güldne Dukaten dabei:
»O Holgeist, dich führt' ich noch öfters!«

    Fr. Hummel

Notburga

Etliche Stunden unterhalb der Stadt Heilbronn auf steil ansteigendem Talhang rechts über dem Neckar thront das alte Ritterschloss Hornburg. Reben umkränzen den sonnigen Hügel bis hinauf an die altersgrauen Mauern der Burg, und von oben breitet der frisch-grünende Bergwald seine Wipfel über die ernsten Trümmer, aus denen ein mächtiger Bergfried stolz und groß in die Lüfte sich hebt. Namen und Gestalten aus längst vergangenen Zeiten knüpfen sich an die alte Neckarfeste. Hier ruhte Götz von Berlichingen, der ritterliche Kämpe, in seinen alten Tagen von den tausend Händeln und Fehden, die er ausgefochten. Und viele, viele Jahrhunderte vor ihm, als noch Christentum und Heidentum rings im Kampfe miteinander lagen, da diente die feste Burg einem fränkischen Herrschergeschlechte als Sitz. Hier hauste eine Zeit lang Dagobert, ein Mann von rauen Sitten, kriegerisch und streng, der Fürst der Franken, die im Gebiet des unteren Neckars die Herrschaft an sich gerissen hatten.

Rings im Lande hatte schon die Nacht des Heidentums vor dem Lichte des Evangeliums zu weichen begonnen. Auch der zarten Tochter des kriegerischen Herrschers war dieses Licht aufgegangen. Durch ihre früh verstorbene fromme Mutter war sie im ernsten Christenglauben aufgezogen worden. Das fromme Mägdlein sah mit Betrübnis das unchristliche Wesen an ihres Vaters Hofe. Gerne blieb sie dem wilden Treiben fern, das in der väterlichen Burg herrschte, und schritt hinaus in den stillen Frieden des Waldes, um ihr Herz im Gebet vor Gott auszuschütten und ihr Gemüt in frommer Andacht zu sammeln. So war sie zur holden Jungfrau erblüht, und bald fand sich auch ein Freier für das edle Königskind. Schon lange lag ihr Vater im Kampfe mit dem mächtigen Wendenfürsten Samo, der wie sein Volk noch dem rohesten Götzendienst ergeben war. Die beiden Gegner, des Streites müde, beschlossen endlich Frieden zu machen. Und die schöne Notburga sollte der Preis desselben sein. Um den heidnischen Wendenfürsten ganz mit sich auszusöhnen, hatte ihm Dagobert seine Tochter zur Frau versprochen. So wurde Notburga mit dem fremden heidnischen Manne verlobt. Die fromme Jungfrau war damit aber nicht einverstanden. Mit Bitten und Tränen flehte sie den Vater an, sie doch nicht zu dieser Heirat zu zwingen. Doch des Vaters Wille war unbeugsam. Er schmeichelte und drohte, schalt und wütete. Notburga nahm zum Gebet ihre Zuflucht. In stiller Kammer lag sie auf den Knien und bat um den Beistand von oben in ihrer herben Not. Ihr Vater kam und führte sie mit Gewalt hinaus, um sie dem harrenden Bräutigam zu übergeben. Sie aber erklärte mit tränenden Augen in Gegenwart des Wendenfürsten: »Nimmer werde ich meinen Christenglauben verleugnen und die Frau eines Heiden werden. Eher eile ich fort, so weit der Himmel blau ist.« Rau wies der Vater sie zurecht, hieß sie in ihr Gemach sich begeben und seiner ferneren Befehle harren. Verzweiflungsvoll saß die Jungfrau die Nacht auf ihrem Lager, ohne Trost, ohne Beistand, ohne Hoffnung. Da wurde es plötzlich Licht in ihrem Geiste, und ihr war, als wenn eine Stimme von oben ihr zuriefe: »Notburga, stehe auf und entfliehe!« Im Dunkel der Nacht schlich sie heimlich aus der Burg, stieg entschlossen ins Tal hinab und kam bald ans Ufer des Neckars, der hier mit raschen Wellen vorübereilt. Wohin nun die Schritte lenken? Die Angst ihres Herzens, der Schrecken der nächtlichen Flucht nahmen ihr das Bewusstsein. Ohnmächtig sank sie am rauschenden Flusse nieder.

Als sie aus ihrer Betäubung erwachte, graute der Morgen im Tale. Und neben ihr stand zutraulich eine stattliche Hirschkuh, der sie so oft im nahen Walde Futter mit ihrer Hand gereicht hatte. Das fromme Tier ließ sich vor ihr in die Kniee nieder, wie um sie einzuladen, auf ihren Rücken zu steigen. Das tat denn auch die unglückliche Jungfrau, und mit seiner edlen Last setzte der Hirsch schwimmend über den Fluss und eilte durch das Dickicht des Ufers hinan zum Eingang einer Grotte, die im Felsen über dem Flusse sich öffnete. Notburga stieg vom Rücken des Tieres, trat in die Höhle, sank auf die Knie und dankte Gott für die wunderbare Hilfe. Bald entschlief sie. Als sie aus langem Schlaf erwachte, stand die kluge Hirschkuh wieder vor ihr und hatte ihr ein Stück Brot gebracht. In der Höhle fand Notburga eine Quelle rieselnden Wassers. Hier stillte sie ihren Durst. Und jeden Tag erschien das treue Tier und trug der Jungfrau Speise zu, die es von der Schlossküche droben hinweggenommen hatte, denn niemand tat dem frommen Tiere etwas zuleid.

Aber das regelmäßige Erscheinen und Verschwinden der Hirschkuh musste auffallen. Man gab acht, wohin sie ihren Lauf lenkte, und folgte ihr. Sie eilte den Hügel hinab, kreuzte die Wiesen im Tal, setzte über den Fluss und verschwand drüben im dicht verwachsenen Uferhang. So wurde Notburgas still verborgener Zufluchtsort entdeckt, und der König, ihr Vater, begab sich unverzüglich an den Ort, wo man die Hirschkuh hatte verschwinden sehen. Da sah er seine Tochter friedlich in der Höhle sitzen, und das treue Tier bei ihr stehen und mit glänzenden Augen auf sie blicken, wie sie das Brot verzehrte, das es ihr zugetragen hatte.

Des Vaters Herz wurde weich bei dem rührenden Anblick, und sein zorniges Gemüt besänftigte sich. Mit freundlichen Worten lud er sein Kind ein, diesen Ort zu verlassen und wieder mit ihm heimzukehren in das väterliche Schloss, wo der Bräutigam ihrer harre. Aber die Jungfrau weigerte sich aufs Bestimmteste, ihren Zufluchtsort zu verlassen und des Heiden Frau zu werden. Von diesem Entschluss vermochten sie auch die wildesten Drohungen ihres Vaters nicht abzubringen. Sie lebte von nun an in der Höhle am Flusse, die sie nie wieder verließ.

Die Kunde von ihrem wunderbaren Geschick und ihrem standhaften Glauben verbreitete sich rasch in der Gegend. Neugierige fanden sich ein, die fromme Königstochter zu sehen. Heilsbedürftige Seelen suchten und fanden Trost bei ihr. Kranke kamen, und ihnen ward Hilfe zuteil. Hunderte wurden durch sie dem christlichen Glauben zugeführt. Im nahen Flusse empfingen sie von ihr die

Taufe. So wirkte sie lange Jahre im Segen Gottes, dort am untern Neckar. Und als sie ihren Tod nahe fühlte, ermahnte sie das zahlreich herbeigeströmte Volk zu treuem Ausharren im Glauben an Christum, den Gekreuzigten. Dann bat sie, wenn sie gestorben sei, solle man ihren Leichnam in den Sarg legen, auf einen Wagen stellen, zwei ungewöhnte Rinder davorspannen und diese gehen lassen, wohin sie wollen. Da, wo das Gespann mit ihrer Leiche stehen bleibe, solle man sie begraben und über ihrem Grabe eine Kirche erbauen.

So geschah es auch. An der Stelle, wo die Tiere mit dem Wagen hielten, steht heute die Kirche von Hochhausen, einem Dorf am Neckar unterhalb Gundelsheim, dem Hornberg gegenüber. Die Höhle, wo Notburga sich aufhielt, liegt weiter aufwärts am Strome und wird heute noch die Jungfernhöhle genannt. Hochwasser und Eisgänge haben sie aber teilweise zerstört, sodass sie heute nicht mehr so groß ist, um einen Menschen beherbergen zu können.

Fr. H.

Der Schäferlauf zu Markgröningen

In Markgröningen lebte einmal ein Graf, der hatte einen Schafknecht namens Bartholomäus. Einmal wurde der Knecht bei dem Grafen verklagt, als ob er heimlich von seines Herrn Schafen verkaufe und das Geld für sich behalte. Der Graf war sehr überrascht: Denn er hatte den Barthel seither immer für treu und ehrlich gehalten. Er konnte kaum glauben, dass er sich in ihm getäuscht habe. Doch beschloss er, sich selbst zu überzeugen. Er reiste also über Land und kam als Metzger verkleidet zurück. Dann ging er zu dem Knecht auf das Feld und versuchte, ihm etliche von den Schafen abzukaufen. Aber wie sehr er auch schmeichelte und bat, und so teuer er auch die Schafe bezahlen wollte, so wollte der Knecht doch nichts davon wissen. Ja, als er nicht nachließ und nach einem Stück der Herde griff, erhob der Knecht seine Schippe und wollte den frechen Metzger schlagen. Da gab sich der Graf zu erkennen. Er lobte den treuen Knecht, schenkte ihm einen Hammel und befahl, dass jedes Jahr an Bartholomäi, als am Namenstag seines treuen

Knechts, die Schäfer ein Freudenfest feiern und dabei des ehrlichen Barthel gedenken sollten. Daher wird heute noch jedes Jahr am 24. Aug. der Schäferlauf zu Markgröningen abgehalten.

Das Schlangenkrönlein

Auf der neuen Brücke in Stuttgart wohnte früher ein Seiler: Der hörte einst im Nebenzimmer sein Kind, während es frühstückte, die Worte sprechen: »Iss et no Ilch, iss au Ocke!« Weil das Kind allein in der Stube war, fiel dem Vater die Rede auf. Er guckte deshalb durchs Schlüsselloch und sah alsbald, dass eine Schlange, die eine prächtige Goldkrone trug, mit dem Kind aus einer Schüssel aß. Am folgenden Morgen passte er nun auf, und als die Schlange wieder kam und Milch trank, schlich er mit einem Beile hin und schlug sie tot. Durch die goldene Krone, die er so gewonnen, wurde er unermesslich reich und baute sich ein neues, großes Haus, das seine Nachkommen noch lange bewohnten.

Meier

St. Urban.

Im 9. Jahrhundert erschien in Schwaben, von St. Gallen ausgesandt, ein christlicher Sendbote, der dem schwäbischen Volk, das noch in den Banden des finsteren Heidentums lag, das Evangelium bringen wollte. Dieser Glaubensbote hieß Urban. Er predigte überall, vom Bussen bis an den Neckar herab, besonders aber in der Nähe von römischen Niederlassungen, z. B. in Rottenburg, Ulm, Cannstatt. Als er alt geworden war, bewohnte er in der Nähe von Cannstatt eine Klause, und diesen Ort nannten seine Anhänger Altenburg (des »Alten Bur oder Burrle«). Um des alten Urbans Klause erhoben sich bald viele Wohnungen, die sich zu einem Städtlein vermehrten, welches endlich gar mit einer Mauer umgeben wurde. Von hier aus entsandte Urban wiederum seine Lehrboten; er selbst aber predigte soweit im Umkreise, als seine Füße ihn just an einem Tag zu tragen vermochten. Hatte er sein Berufswerk vollendet, so kehrte er wieder heim nach Altenburg am Strande des Neckars. Hohe Stangen mit Querhölzern als Zeichen des Kreuzes verkündeten, dass Christen hier wohnten.

Urban unterrichtete seine Zuhörer aber nicht nur in den christlichen Heilswahrheiten, sondern er lehrte sie auch die Reben pflanzen und die köstlichen Beeren keltern und den Saft in Kufen bewahren zum Umtrunk bei frohen und traurigen Vorkommnissen. Hieran fanden gar viele Menschen aus leicht begreiflichen Gründen guten Gefallen, und wo ein sonnenreicher Berg sich erhob, der am ehesten vom Schnee befreit war, da wurden Reben gepflanzt mit großer Sorglichkeit und unermüdlichem Fleiß, so besonders an den südlichen Höhen von Cannstatt bis hinauf nach Eßlingen und hinüber nach Wendlingen. Dieser Ort wurde später »Winnenden« (oder Weinende) geheißen, weil bis dahin der Weinstock blühte.

Dass aber bemeldeter »Win nit besten Tronks ist, lauft draußig herfür, dass man altkömmlich schlechtes Luitvolk mit den Worten schmähete: »Du bist so luderlich älls der Winnender Win!« Dieses Sprichwort war auch noch im Anfang des 18. Jahrhunderts im Schwang. Denn 1711 hieß ein Winzer aus dem Remstal einen liederlichen Bürger von Winnenden »einen Kerl, der so schlecht wie seiner Markung Wein seie«, hierüber klagte der Beschimpfte, »um die Ehre seines Weins zu retten«, beim Vogten zu Waiblingen. Dieser aber gab dem Kläger den Bescheid, »die ihm angetane Schmach solle aufgehoben sein, und der Beleidiger zur Straf gezogen werden, sobald der Winnender Wein wirklich nicht mehr schlecht sei«.

Auch vom Stuttgarter Tal meinen einige Geschichtsschreiber, es sei dort nie ein Stutengarten gewesen, sondern der Name Stuttgart komme vom Ausstocken mit Reben, das erstmals durch den christlichen Sendboten Urban vorgenommen worden sei. Daher habe die Stadt früher Stockgarten geheißen, und daher heiße die Gegend zwischen dem Neckartor und Berg jetzt noch »Stockacht« oder »Stöckach«.

Bis zum Jahre 1320 war Stuttgart Filial von Altenburg, und manche Einwohner von Stuttgart mussten noch lang den sogenannten Galluszins bezahlen. Urban hatte nämlich Gaben gesammelt zum Bau des Klosters zu St. Gallen. Erst war es freier Wille, wer etwas geben wollte, dann eine Gewohnheitsgabe und später bei vielen eine Musssteuer. Denn manche Grundeigentümer schenkten aus Gottesfurcht dem heiligen Gallus ein Stück Land, dessen Ertrag dem Patron alljährlich verfiel. Wer nun dieses Land später kaufte, erbte, geschenkt erhielt oder bebaute, der war gehalten, einen gewissen Abtrag davon der Kirche zu Altenburg zu entrichten.

Den hl. Urban verehren noch heute unsere Weingärtner als ihren Schutzpatron. In Stuttgart und in Uhlbach hat man ihm unter der Gestalt eines Weingärtners ein Denkmal gesetzt, und beim Urban in Uhlbach steht in den Stein eingehauen der Spruch:

O heilger Urban, schenk uns Wein,
Wir wollen dafür dankbar sein!

    Nick.

Schwarzwälder Sagen.

Der Wildsee.

Der Schwarzwald birgt eine Reihe von Hochseen, die den Sommer über viele Besucher anlocken. Zu den schönsten gehört wohl der Wildsee im Flussgebiet der Murg. Wer vom Ruhstein zur Hornisgrinde emporsteigt, kann sich nach halbstündiger Wanderung seines Anblicks erfreuen. Wunderschön liegt er dann in der Tiefe, umgeben von dunklem Tannenwald. Lieblich blickt das »schwarze Auge« herauf und ladet zu kürzerer oder längerer Rast ein. Aber der Wanderer findet keine Zeit dazu; ihn zieht es auf die Höhe, wo die Blicke ungehindert in die Ferne schweifen können.

Nicht so eilig hatte es vor vielen Jahren ein junger Hirte mit frischen Wangen und blonden Haaren, der mit seinen Kühen den Waldweg heraufgekommen war. An der steilen Bergwand fanden die Tiere gute und ausgiebige Weide, und so konnte der Hirte tun und treiben, was ihm beliebte. Er folgte der Einladung der weltverborgenen Flut und stand bald am Ufer des Sees bei den unscheinbaren Trümmern einer Kapelle, zu der einst die Leute gewallfahrtet waren, und in deren Nähe ein Waldbruder seine einfache Hütte erbaut hatte. Auf einem moosbewachsenen Stein, der wohl als Türpfosten gedient haben mochte, setzte er sich nieder und ergötzte sich am Anblick des Sees und des weiten Waldmeeres. Stille Einsamkeit ringsum. Doch was drang plötzlich an sein Ohr? Waren das nicht die sanften Töne einer Harfe, die aus den stillen Wassern des düstern Sees hervorkamen? Eine solche Musik hatte er noch nie vernommen. Die Viehherde war für ihn vergessen, er starrte nur noch auf die schwarzbraunen Fluten, in welchen sich die rasch ansteigende Bergwand und die alten Tannen widerspiegelten. Und nun belebte sich das sonst so stille Wasser auf einmal. Von der Mitte des Spiegels gingen Kreise aus, die an den steinigten Ufern sich brachen. Dem Hirten wurde es ganz eigen ums Herz. Eine innere Stimme sagte ihm: »Fliehe diesen Ort, es naht dir Verderben!« Aber es war schon zu spät. Am Ausgangspunkte der kreisförmigen Wellen tauchte die Nixe des Wildsees, eine holde Jungfrau in wallendem Haar, mit einer goldenen Leier empor und erreichte in wenigen Augenblicken das Ufer. Hier lustwandelte sie und ließ die zarten Finger über die Saiten gleiten. Dazu sang sie ein Lied, so schön, dass es den Engeln im Himmel nicht besser gelungen wäre.

Die reinen Lüfte trugen den Gesang durch den Tann. Dort verstummten die befiederten Bewohner und flatterten dem Wildsee zu, wo sich die scheuen Rehlein fast geräuschlos schon eingefunden hatten. Die Käfer wollten nicht zurückbleiben, und selbst die langsame Schnecke tummelte sich an diesem Tag. Alles, was hören konnte, war auf dem nächsten Weg zum See zu sehen.

Und dort saß er, der Hirtenknabe, in Staunen versunken und konnte keinen Laut über seine Lippen bringen. Die warnende Stimme in seinem Herzen war verstummt. Er hielt sich für den Glücklichsten; denn Musik und Gesang galten nur ihm, das hatte er deutlich gehört. Das schönste Fräulein durfte er sein eigen nennen, die wunderbaren, überirdischen Töne zu jeder Stunde vernehmen, wenn er mit in die Tiefe hinabstieg. Und jetzt hatte sich die Zauberin zu ihm auf die Moosbank gesetzt, sodass die ganze Fülle ihrer Schönheit auf ihn eindrang, jetzt umfing sie ihn liebkosend, jetzt zog sie den Knaben mit sich und verschwand mit ihm in den Fluten. Über das Wasser hin klang noch einmal das Saitenspiel. Dann war alles still und niemand hat den Hirten mehr gesehen.

Als man den Hirtenknaben schon längst vergessen hatte, kam einmal das Töchterlein eines Harzreißers und Kienrußbrenners aus Buhlbach mit seinen Ziegen bis zum Wildsee herauf. Das Alleinsein war das Mädchen gewöhnt. Schon manchen Tag hatte es im Walde zugebracht, ohne einen Menschen zu sehen und ohne irgendwie Angst zu empfinden. So hatte auch der einsame See nichts Ängstigendes für das Mädchen, obwohl es schon gehört hatte, dass das Wasser schlimme Geister beherberge, die bei Tag als schwarze Fische zu sehen seien. Die Neugier trieb die Hirtin in die Nähe des Ufers. Sie wollte sich überzeugen, ob etwas Wahres an dem Gerede der Leute wäre. Und richtig, es war keine Täuschung. Dort von der Mitte her schwammen drei schwarze Fische, die ihre großen Augen drohend auf das Mädchen richteten. Auch der heitere Spielmann, von dem man im letzten Winter in der Spinnstube erzählt hatte, musste in der Tiefe des Sees an der Arbeit sein. Seine Musik, die immer ein Unglück in der Nähe ankündigte, war deutlich zu hören. Bei solchen Erinnerungen entschwand dem Hirtenmädchen jeglicher Mut. So schnell als möglich wollte es mit seinen Ziegen den unheimlichen Ort verlassen. Aber schon nach wenigen Schritten blieb es wie angewurzelt stehen. Auf der Bergwand oben war ein fremder Herr in prächtigem Kleide zu Pferde erschienen. Von der Musik bezaubert, sprengte er spornstreichs den alten, schon nicht mehr benützten Pilgerweg herab, gerade auf den See zu. Mann und Pferd verschwanden alsbald in der Tiefe; nur der Federhut des Reiters schwamm noch einige Zeit oben auf dem Wasser. Wie die Hirtin nach Hause kam, wusste sie nicht zu sagen. Ihre wirren Reden konnte anfangs niemand zusammenreimen. Erst nach und nach erkannte man, dass sie den lustigen Spielmann des Wildsees gehört hatte, und dass seinem Spiel das Unglück auf dem Fuße gefolgt sei. Die alte Nachbarin aber sagte: »Ich wusste es ja, dass in diesem Jahre noch etwas Besonderes am Wildsee geschehen werde; denn in der vergangenen Christnacht hörte ich das Glöcklein der ehemaligen Wildseekapelle läuten.«

Nach »Aus dem Schwarzwald« von Volz.

Am Mummelsee.

Fast in der gleichen Höhe wie der Wildsee liegt der Mummelsee, nur weiter westlich jenseits des Gebirgskamms auf badischem Gebiet. Der Weg dorthin bietet die beste Gelegenheit, die Krummholzkiefern auf sumpfigem, mit dichtem Moos und Heidekraut bewachsenen Boden zu bewundern. Die einsame Gegend ist so recht eine Vorbereitung zum Besuch des Mummelsees, der, umgeben von düstern Tannenwaldungen, in tiefem Bergkessel vor dem Wanderer plötzlich auftaucht.

Seinen wundersamen Namen hat das Wasser von den Seeweiblein, hier Mümmelein genannt, die statt der Fische darin hausen. Wer bei Tag an den See kommt, erblickt zuweilen weiße Lilien auf dem dunkeln Wasserspiegel. In mondhellen Nächten aber geht eine rasche Umwandlung mit ihnen vor. An Stelle der Blumen sind holde Mümmelein zu sehen, die sich fröhlich im Bade tummeln. Liebliche

Harfentöne begleiten den viel verschlungenen Reigen, bis zuletzt die ganze Nixenschar das Ufer aufsucht. Hier setzen sie das muntere Treiben fort. Die bleichen Wangen überziehen sich mit einem zarten Rot und bilden einen lieblichen Gegensatz zu den weißen, duftigen Gewändern. Schlag 12 Uhr erscheint ihr Vater an der Oberfläche des Sees und ruft die Töchter in die Flut zurück. Sie kennen den strengen Nix und tauchen rasch mit ihm unter, um am andern Morgen wieder als Lilien zu erscheinen.

Früher haben Jäger und Hirten die Mümmelein öfters gesehen. Ein kecker, schöner Jägerbursche erblickte einst ein Seeweiblein, das mit einem Sträußchen aus Feldblumen in den zarten weißen Händchen am Ufer saß. Das Mümmelein sah so lieblich aus, dass er rasch zu ihm hingehen wollte. Doch kaum hatte ihn die schöne Nixe erblickt, so sprang sie erschreckt auf und verschwand im See. Ihr Schleier, ein zartes, meergrünes Gewebe, blieb im Gebüsch, durch welches sie schlüpfte, hängen. Obwohl die wunderbare Erscheinung nur wenige Augenblicke gedauert hatte, so war doch die Liebe mächtig in des jungen Weidmanns Herz eingezogen. Schnell griff er nach dem Schleier und barg ihn als teures Pfand an der Brust. Seine Ruhe war für immer dahin. Bleich und still streifte er bei Tag umher, und wenn sich die Nacht herniedersenkte, wanderte er von dem einsam gelegenen Försterhause hinauf an den Mummelsee. Doch fand er nie, was er suchte. Ein Freund, der ihm sein Geheimnis abgelauscht hatte, entriss ihm eines Tags den Schleier, band ihn an einen schweren Stein und versenkte ihn in der schwarzen Flut. Geheilt wurde aber der Jägerbursche dadurch nicht; seine Sehnsucht vermehrte sich nur. Beim schwachen Lichtschein des ersten Mondviertels kam er einst wieder an den See. Das sonst so ruhige Wasser brauste unheimlich und warf hohe Wellen. Ein Blitzstrahl erhellte die Dunkelheit für einen Augenblick. Der Jäger sah deutlich das teure Gewebe auf der Mitte des Sees und rief: »Der Schleier, der Schleier! Das Seefräulein winkt!« Ohne sich lange zu besinnen, stürzte er in die brausende Flut und zerteilte mit kräftigen Armen die Wellen. Schon hatte er die Mitte des Sees erreicht, schon hielt er den Schleier in den Händen. Da zog es ihn mächtig in die Tiefe. Die Wasser schlugen über ihm zusammen, und dann wurde der Spiegel wieder ruhig und glatt.

Weniger schüchtern zeigte sich ein anderes Mümmelein. Sein warmes Herz, das es trotz der feuchten Wohnung in der Brust trug, zog es zu einem Hirten hin, der seine Kühe und Schafe während der Sommermonate in der Nahe des Mummelsees hütete. Er lag an einem schönen Sommerabend auf weichem Moospolster und vertrieb sich die Zeit damit, dass er seiner Holzpfeife allerlei einfache Melodien entlockte. Doch klangen die Töne heute ganz anders als sonst. Betroffen darüber legte er sein Pfeifchen weg und beobachtete den Zug der Wolken. Da raschelte es auf einmal neben ihm, und vor ihm stand ein Wesen, wie er es in seinem Leben noch nie gesehen hatte. Aus dem runden, rosigen Gesichtchen schauten ein Paar große schwarze Augen hervor. Das eng anliegende Gewand war aus Seide und von wunderbarer Farbe. Durch das dunkle Haar, welches aufgelöst über den Rücken bis zur Erde niederfiel, zogen sich weiße Seerosen, und dazwischen schimmerte es, wie von tausend Diamanten. Beim Anblick dieses holden Wesens vergaß der Hirte Kuno alles um sich her. Endlich öffneten sich die roten Lippen zu einem freundlichen Lächeln und zu den Ohren des Hirten drangen die Worte: »Warum pfeifst du nicht mehr? Es ist so schön und ich höre dir so gerne zu.« Kuno nahm seine Pfeife und setzte sie an den Mund. Sprechen hätte er in diesem Augenblick nicht können. Und nun blies er noch schöner als zuvor; aber die gewohntesten Töne klangen ihm wieder fremdartig, übernatürlich. Wie lange Kuno musizierte, wusste er selbst nicht; doch fühlte er endlich, dass ihm der Atem fast ausging. Er legte die Pfeife aufs Neue weg. Eine Weile saßen die beiden einander stumm gegenüber. Dann überwand er seine Schüchternheit und begann: »Bist du eines der Mümmelein, die da unten am Grunde des Sees in einem goldenen Palast wohnen?« – »Ja, ich bin ein Mümmelein,« antwortete sie. »Aber hier oben bei dir ist es so schön. Da möchte ich immer bleiben.« – – »Und ich möchte mit dir hinuntersteigen in deinen glitzernden Palast; da muss es noch viel schöner sein. Nimm mich mit dir!« bat Kuno. Als darauf das Mümmelein erwiderte: »Das darf ich nicht; es ist mir strenge verboten, jemand von da oben in das feuchte Reich einzuführen,« ließ der Hirte traurig den Kopf sinken. Nach einer Weile fuhr er fort: »Dann komm' du jeden Tag zu mir herauf!« »Das will ich tun, wenn ich kann,« gab sie zur Antwort. »Aber wenn ich einmal ausbleibe, so warte geduldig. Geh' ja nicht an den See, um mir zu rufen; es wäre unser Verderben!« Der Hirte versprach, diese Mahnung nicht zu vergessen. Von jetzt an verlebten die zwei die schönsten Tage am Mummelsee. Das Mümmelein kam jeden Tag zu Kuno, der seine Herde nur noch in der Nähe des Sees weidete. Blieb die Wassernixe ab und zu einmal aus, so war sie am folgenden Tag bestimmt wieder da. Als freilich der Herbst ins Land zog und die Tage immer kürzer und die Lüfte kühler wurden, da kam eine große Unruhe über Kuno. Er dachte an die Trennung während des langen Schwarzwaldwinters. Das Mümmelein lachte, als er ihm sein kummervolles Herz ausschüttete und sagte: »Die Eisdecke bleibt nicht ewig auf dem Mummelsee; nach dem strengen Winter wird wieder alles grün. Wie herrlich wird dann das Wiedersehen sein! Auch können wir uns noch oft sehen; denn die Herbsttage zählen zu den angenehmsten da oben.« Einmal hatte Kuno zwei Tage nacheinander umsonst auf seine Gespielin gewartet. Der dritte Tag schien keine Änderung zu bringen. Rastlos umkreiste er den See und war öfters nahe daran, das Verbot zu übertreten und den geliebten Namen zu rufen. Da wurden die stillen Wasser unruhig. Kuno vernahm ein Rauschen in der Tiefe, wie er es seither beim Emporsteigen des Seefräuleins gewohnt war. Die Freude raubte ihm jede Besinnung, er eilte hinzu und mit starker Stimme rief er in den See hinab: »O Mümmelein, lass mich nicht so lange warten!« Kaum war der teure Name seinen Lippen entschlüpft, da fuhr ein gewaltiger Windstoß durch die Tannen. Ein Blitzstrahl zuckte hernieder; der Donner rollte gewaltig und der See begann zu kochen und zu zischen. Ein Schmerzensschrei drang aus der Tiefe an sein Ohr. Auf dem Wasserspiegel erschien ein großer Blutfleck, von dem sich ein weißes Röslein löste und dem Ufer zuschwamm. Jetzt merkte Kuno, dass er durch seine Unvorsichtigkeit den Zorn des Alten vom See mächtig erregt und eine schwere Strafe über das Mümmelein gebracht hatte. Voll Entsetzen eilte er vom See weg und ward nie mehr gesehen. Aber auch die Mümmelein ließen sich in der Gegend nicht wieder blicken. Das Schicksal der lieblichen Schwester mochte ihnen zur Warnung dienen. Bald darauf ließ sich ein Einsiedler mit ergrauten Haaren in einer Felsschlucht nahe der Wasserfälle bei Allerheiligen nieder. Über seine Lippen kam nie ein Wort, außer wenn er zu seinem Gott betete. Ein alter Jäger behauptete, der Einsiedler habe viele Ähnlichkeit mit dem Hirten vom Mummelsee, nur seien seine Züge hart wie aus Stein gemeißelt.

Nach Bernow und Eynatten von Bolz.

Der Schlangenhof.

Nicht gar weit von der Hornisgrinde, dem höchsten Punkte Württembergs, stand in früheren Zeiten der Schlangenhof. Er hatte seinen Namen von den vielen Schlangen, die einst dort zu sehen waren. Die Tiere betrachteten Haus und Hof als ihr Eigentum. Sie suchten die Betten und Kästen auf, bewegten sich ohne Scheu in Zimmer, Kammer und Küche und fühlten sich besonders wohl im Stalle, wo ihr König wohnte. Oft mussten die Mägde die Schlangen armvollweis aus der Krippe nehmen, ehe sie dem Vieh Futter reichen konnten. Den König erkannte man an einer güldenen Krone, die er auf dem Haupte trug. An warmen Tagen suchte er zuweilen den nahen Wald auf; dann begleiteten ihn alle Schlangen. Bei der Heimkehr blieb keine zurück. Mit dem Vieh standen die Schlangen im besten Einvernehmen. Die Kühe duldeten es, dass sie an ihnen emporkletterten und sich ein warmes Lager an und unter ihrem Körper aussuchten. Besonders zutraulich waren sie gegen die Kinder des Hauses. Zu ihren Mahlzeiten stellten sie sich gerne ein und schlürften aus derselben Schüssel. Zuweilen kam es vor, dass die Gäste nur Milch und kein Brot wollten. Dann schlugen sie die Kinder mit dem Löffel scherzweise auf den Kopf und sagten: »Friss auch Brocken, nicht lauter Milch!« So führten die Schlangen ein behagliches Leben; niemand durfte ihnen, solange der Hofbauer lebte, ein Leid zufügen. Zum Dank dafür säuberten sie den Hof von den Mäusen und allem andern Ungeziefer.

Nach dem Tode des alten Bauern kam es aber anders. Der neue Besitzer wollte eine solche Gesellschaft nicht bei sich dulden und erschoss den Schlangenkönig, als er eben einmal wieder aus dem Walde zurückkehrte. Am andern Morgen waren alle Schlangen für immer verschwunden. Aber auch das Glück war mit den Tieren ausgezogen. In der Folge stellte sich allerlei Ungeziefer auf dem Hofe ein, und bald mussten die Gebäude abgebrochen werden.

Später ist an derselben Stelle ein neues Hofgebäude aufgeführt worden, das aber einen andern Namen trägt.

Nach J. J. Hoffmann von Bolz.

Die Kirche in Urnagold.

Urnagold darf nicht, wie der Name etwa andeuten könnte, als das ältere Nagold angesehen werden. Dagegen spricht schon die große Entfernung voneinander, noch mehr aber der frühere Name Innernagold, d. h. »das tief drinnen im Waldgebirge gelegene Nagold«, da wo Nagold und Enz entspringen.

Die Sage weiß allerdings auch eine andere Erklärung des Namens. Die wenigen Häuser Urnagolds, die zur Gemeinde Besenfeld gehören, sollen einst »Irrnagold« geheißen haben, »weil man, um den wilden Ort zu erreichen, gar bald in die Irre gehen kann«. Von einer Edelfrau wird erzählt, dass sie sich einst in den weiten Waldungen gründlich verirrt habe. Ihr Rufen war umsonst. Ganz erschöpft sank sie endlich unter einer großen Tanne in das weiche Moos nieder. Da drang der Schrei eines Hahnes an ihr Ohr. Sie raffte sich noch einmal auf und erreichte in kurzer Zeit Irrnagold, wo sie eine überaus freundliche Aufnahme fand. Zum Dank dafür ließ sie dort eine Kirche erbauen, damit der Klang der Glocken den verirrten Wanderer wieder auf den rechten Weg führe. In diese Kirche wurden auch die Besenfelder und die Eisenbacher eingepfarrt. Die Besenfelder waren darüber nie besonders erbaut. Sie hätten es lieber gesehen, wenn die Kirche in den größeren Ort, also zu ihnen, gekommen wäre. Bei stürmischem Wetter und tiefem Schnee bot der Weg nach Urnagold doch zu viele Beschwerden. Dass die Urnagolder im umgekehrten Falle dieselbe Klage gehabt hätten, wurde nie erwähnt. Man dachte wohl wie in der Fabel: Ich bin groß, und du bist klein.

Nun begab es sich, dass die Kirche nach vielen Jahren baufällig wurde. Eine gründliche Ausbesserung hätte nach dem Urteil des Baumeisters fast so viel gekostet als ein Neubau, und so entschloss man sich, die alte Kirche abzubrechen. Über den Standort der neuen

Kirche gab es keine langen Verhandlungen: Die Mehrheit entschied sich für Besenfeld. Mit dem Bau wurde alsbald begonnen. Den Grabarbeitern folgten die Steinhauer und Maurer und legten die Fundamente. Auf einem freien Platz vor dem Dorfe draußen hantierten die Zimmerleute. Sie verarbeiteten neben dem neuen das noch brauchbare Holz der alten Kirche. Dann schafften sie die zugerichteten Balken zur Baustelle, um die neue Kirche aufzuschlagen.

Doch was mussten sie am andern Morgen sehen? Das Bauholz war aus Besenfeld verschwunden und lag drüben in Urnagold auf dem Bauschutt der alten Kirche. Erst glaubte man an einen Scherz, den sich die Urnagolder aus alter Anhänglichkeit für ihr Gotteshaus gestattet hätten, und brachte das Holz zurück. Aber am folgenden Morgen hatte sich der wunderbare Vorgang wiederholt. Die Bauleute und die Einwohner standen bestürzt umher. Mit der Arbeit wollte es den ganzen Tag nicht vorwärtsgehen. Doch hatten die Arbeiter am Abend ihr Holz wieder in Besenfeld. Zwei kecke Zimmerleute ließen sich bestimmen, die Nacht über zu wachen. Aber auch diese Vorsicht half nichts. Die Gesellen lagen den nächsten Morgen schlafend auf dem Holz in Urnagold. Als man sie wecke, konnten sie keinerlei Auskunft über den nächtlichen Ortswechsel geben. Dass sich das Gespräch jetzt nur noch um diesen wunderbaren Vorgang drehte, konnte kaum mehr auffallen. Bereits hörte man viele Stimmen in Besenfeld, die der Kirche ihren alten Platz zuwiesen. Einige aber wollten das Spiel noch nicht verloren geben, zumal ein verwegener Zimmergesell die Wache noch einmal zu übernehmen versprach und sagte, er wolle doch sehen, ob das Holz nicht in Besenfeld bleibe. Am kommenden Morgen war aber die Bestürzung noch größer. Die geheimen Mächte hatten abermals zugunsten Urnagolds entschieden, und der freche Handwerker hatte den Tod gefunden.

Nach diesem erschütternden Vorfall gab es keinen Widerstand mehr. Die Kirche kam an ihren alten Platz zu stehen. Damit aber die Arbeiter in Besenfeld nicht ganz umsonst wären, erbaute man dort ein Kirchlein, in dem jetzt noch die Kinder zur Sonntagschristenlehre zusammenkommen. Zum Hauptgottesdienst aber dient die Kirche in Urnagold.

Mündliche Überlieferung; von Bolz.

Wie Baiersbronn seine große Markung bekam.

Die Normannen waren vor mehr als 1000 Jahren gefürchtete Gäste. Mit ihren kleinen, schnellen Schiffen drangen sie von der Nord- und Ostsee her in den deutschen Flüssen aufwärts und unternahmen kühne Beutezüge auf das umliegende Land. Vor ihrem Schwerte hatten die deutschen Kaiser gewaltigen Respekt. Es wird von einem erzählt, dass er den Frieden durch eine große Geldsumme erkauft habe; ein anderer soll nach einer verlorenen Schlacht als Flüchtling durch den Schwarzwald gezogen sein. In Begleitung einiger Getreuen kam der Kaiser, dessen Name nicht genannt wird, an den Ort, wo der Forbach in die Murg einmündet, und wo jetzt die vielen im Tal und an den Bergwänden zerstreut liegenden Häuser den Namen Baiersbronn führen. Dazumal standen in dem Talkessel nur wenige Hütten, von denen eine als Nachtquartier von den Flüchtlingen ersehen wurde. Die einfachen Leute nahmen den Kaiser und sein Gefolge recht freundlich auf. Für den Durst gab es Milch, und zum Nachtessen winkten zarte Forellen und ein saftiger Hirschbraten. In dem aus Strohsack, Kissen, Decke und reiner Leinwand bestehenden Bett schlief der Kaiser so vortrefflich, dass er erst erwachte, als die Sonne schon hoch am Himmel stand. Nach dem Frühstück, wobei nicht einmal der Honig fehlte, machte der Hausherr, ein kräftiger Holzmacher, den Führer; Kinder und Erwachsene gaben noch eine Strecke das Geleite. Man wählte das wenig begangene Tonbachtal und erreichte nach einem tüchtigen Marsch bergaufwärts den einsamen Wildsee.

Hier trafen sie wieder ein menschliches Wesen, einen alten Einsiedler, der vor seiner Klause einen groben Klotz zerspalten wollte. Seine Arbeit wollte ihm aber nicht recht gelingen. Der Alte war nicht wenig erstaunt, als er die Männer im Waffenkleid erblickte und die freundlichen Worte hörte: »Gib mir die Axt, ich will dir helfen!« Und schon schwang der Kaiser mit kräftiger Hand die Axt, und der Klotz sprang klaffend entzwei. »Wollte Gott,« sagte er, »es wäre mir nicht schwerer, das Normannenvolk zu schlagen, denn diesen Klotz zu trennen.« Als der Klausner noch kein Wort fand, fuhr der Kaiser fort: »Wenn du vergelten willst, was ich tat, so magst du fleißig für mich beten. Nimm als Andenken das Wollkleid und die Decke von deinem Kaiser.« Bei diesen Worten verklärte sich das faltige Gesicht des Alten; aus dem zahnlosen Munde kamen die Worte: »Du der Kaiser? Habe Dank, dass ich dich in meinen alten Tagen noch schauen darf. Gott gebe dir Kraft, das deutsche Reich vor Verderben zu schützen! Ich bin zu schwach, mit euch zu ziehen; doch will ich für euch beten.« Der Kaiser drückte gerührt die welke Hand und winkte dem Gefolge zum Weitergehen.

Bald waren sie zu der Stelle gekommen, wo nun der »Ruhstein« die Erholungsbedürftigen aufnimmt. Das weiche Moos bot einen angenehmen Lagerplatz. Die Rosse grasten am Raine, und der Führer leerte seinen wohlgefüllten Schnappsack. Wie schmeckte der einfache Schmaus in dieser Einsamkeit! Und neu gestärkt ging's vollends auf den Bergkamm, von dem man westlich das Rheintal mit Straßburg erblickte und östlich das obere Murggebiet vor sich hatte.

»Deine Hilfe können wir jetzt entbehren,« sprach der Kaiser zu dem Holzhauer, »denn nicht gar weit scheint der nächste Ort von hier zu sein und Straßburg kann ich dann schon erreichen. Ich habe in diesem Walde mehr Treue und Anhänglichkeit gefunden, als draußen in meinem weiten Reiche. Dies Wäldervolk bereitete mir großen Trost; darum soll das ganze Quellgebiet der Murg, soweit es von hier zu sehen ist, zur Markung deines Orts gehören. Keine andere Mark im Reiche soll an Größe die von Baiersbronn erreichen.«

Die Waldleute ehrten das Andenken des Kaisers für alle Zeiten. Auch nannten sie die Steige vom Ruhstein aufwärts »Kaisersteige«.

Nach Mallebrein von Bolz.

Der Grafensprung.

Im Sommer des Jahres 1367 benützte Graf Eberhard der Rauschebart das Wildbad, um dort seinen narbenvollen Leib zu kräftigen. Die Ruhe sollte aber nicht lange dauern. Zwei seiner grimmigsten Feinde, der Wolf von Wunnenstein und der Wolf von Eberstein, zogen von verschiedenen Seiten heran und versuchten ihn gefangen zu nehmen. Ein treuer Hirte vereitelte den finstern Plan und brachte den Rauschebart auf geheimen Wegen nach Zavelstein.

Den Ebersteiner, der durch die Zerstörung des unbefestigten Schwarzwaldbades sein Gewissen noch mehr belastete, traf des Reiches Acht. Eberhard säumte nicht, von der Erlaubnis des Kaisers, die Acht auszuführen, Gebrauch zu machen und zugleich Wiedervergeltung zu üben. Mit seinen Mannen zog er bald nachher durch die dunklen Tannenwaldungen hinüber in das freundliche Murgtal. Von dort war der Weg zu Neueberstein, dem Wohnsitz des kecken Wölfleins, leicht zu finden. Trotzig steht das Schloss zur linken Seite der Murg, nicht weit von einem fast senkrecht abfallenden Felsen. »Nach dieser Seite wird für dich kein Entrinnen sein,« dachte der alte Greiner und besetzte über Nacht heimlich alle Ausgänge der Burg. Der Wolf saß also nach der Meinung der Belagerer in der Falle, wie vordem Eberhard in Wildbad.

Eines war aber dem Grafen entgangen. Das Schloss hatte auch einen Ausgang der Felswand zu, und diesen benutzte Wolf. Er ließ sein feurigstes Ross satteln und sprengte auf demselben über den hohen Felsen hinab in die unten vorbeifließende Murg. Das gestaute Wasser milderte den Sprung: Das Pferd freilich verlor das Leben, aber der kühne Reiter konnte, unbehelligt von Eberhards Kriegsleuten, sich flüchten. Im Hoflager des Pfalzgrafen zu Heidelberg fand er freundliche Aufnahme. Die dort versammelten Ritter ließen auf die Kunde von dem gelungenen Sprung in selbiger Nacht die Becher fröhlich kreisen. Für diesmal hatte der alte Rauschebart, den nichts erschüttern konnte, das Nachsehen. Er murmelte in seinen grauen Bart: »So kecke Flucht bringt keine Schmach!« Der senkrechte Felsen heißt heute noch »der Grafensprung«.

Nach Bernow von Bolz.

Stiftung des Klosters Hirsau.

Ums Jahr 645, da kaum das Christentum in den Wäldern Alemanniens Eingang gefunden hatte, lebte zu Calw die fromme Gräfin Helizena. Als kinderlose Witwe hatte sie den einzigen Wunsch, sich ganz dem Himmel zu weihen. Darum lag sie oft in heißem Gebet vor Gott, er möchte ihr doch offenbaren, wie sie ihren großen Reichtum zu seinem Wohlgefallen anwenden könne. Da begab sich's einmal in der Nacht, dass sie im Traum über einem einsamen Tale, worin drei aus *einem* Stamm gewachsene Fichtenbäume standen, eine Kirche in den Wolken erblickte. Eine Stimme rief: »Helizena, dein Gebet ist erhört worden! Baue bei den Fichtenbäumen die Kirche, die du hier siehest!« Als sie morgens vom Schlaf erwachte, stand ihr der Traum so lebhaft vor der Seele, dass sie nicht zweifelte, Gott wolle ihr ein Zeichen durch ihn geben. In stiller Demut zog sie aus, um die Stelle zu suchen. Talabwärts an der Nagold, nicht ferne von Calw, fand sie ein liebliches Feld und darauf drei Fichtenbäume, die aus *einem* Stamme gewachsen waren. Vor Freude weinend eilte sie auf die Bäume zu, küsste den Boden und legte all' ihren köstlichen Schmuck darauf nieder, um damit anzuzeigen, dass sie ihr zeitliches Gut dieser Stelle schenke. Dann kehrte sie nach Hause zurück und machte sich sofort daran, die Kirche zu bauen. Schon nach drei Jahren war sie vollendet. Aus ihr ist das berühmte Kloster Hirschau oder Hirsau herausgewachsen, das zuerst auf der rechten Seite der Nagold stand, dann im Jahr 1083 des schädigenden Wassers wegen auf einen Hügel des gegenüberliegenden Tales verlegt wurde. Im Jahr 1692 von den Franzosen zerstört, ist das Kloster jetzt eine Ruine, aus deren zerfallenen Mauern die von Uhland besungene Ulme ihren mächtigen Wipfel dem Leben spendenden Sonnenlichte entgegenreckt.

Nach Schönhuth von R.

Meister Epp und seine Hunde.

Eine Schwarzwälder Jägersage aus uralter Zeit.

Es leit noch ein Dorf auf dem Schwarzwald, genannt Pfalzgrafenweiler. In dem ist eine Burg gewest, die hat noch heutigs Tags Gräben. Aber von Länge wegen der Zeit ist sie sonst in solchen Abgang kommen und mit so großen Bäumen verwachsen, dass es schier keinem Burgstall gleichnet. In diesem Schloss und Weiler hat einst ein Graf von Tübingen gewohnet, der hat unter anderen Kurzweilen viel gepflogen zu jagen, wie dann die alten Deutschen, unsre Vorfahren, sich des Weidwerks viel beflissen. Auf ein Zeit ist der Graf abermals aufs Holz gangen. Da ist ihm auf dem Wald ein wunderkleins Jägerlein verkommen, das führt zwei Jagdhündlein mit sich an einer Kuppel. Das Männlein nannte sich Meister *Epp*, dergleichen die Hündlein das ein *Will*, das ander *Wall*. Woher sie aber kommen, das find'd man nit beschrieben. Der Graf hatt' ob dem Jägerlein und seinen zwei Hündlein so viel Gefallen, dass er die mit ihm heimnahm gen Pfalzgrafenweiler, und behielt die viel Zeit also bei sich und fürnhin. Als oft der Graf mit Meister Eppen und seinen zweien Hündlein auf den Wald zog, so fing er allwegen Wildbret, dass er ungefangen nie heimkam. Zudem ging es dein Grafen, so lang er dies Erdenmännlein oder Jägerlein bei sich erhalten, glücklich und wohl an Leib und Gut und allem, das er fürnahm.

Einstmals unterstund sich der Graf, abermals zu jagen mit seinem Jägermeister Eppen und denen zweien Hündlein Willen und Wallen an dem Weilerwald, allernächst hinter Feherbach dem Schloss. Wie sie nun in den Wald kamen, da brachten die zween Hündlein ein mächtigen Haupthirsch, der nit von diesen Landen war, auf die Füß. Der Hirsch nahm die Flucht gen Horb der Stadt und ab für ein Wald, heißt der Weithow, und füro Tübingen zu, daneben aber für Gemünd, Ellwangen, Dinkelsbühl, Nürnberg und durch den Behemerwald bis gen Prag in einen Wald dabei gelegen. Der Graf und sein Jägermeister Epp mit ihren Hunden Willen und Wallen zogen hinnach alle Tag, bis sie die Nacht begriff, und allzeit morgens früh wieder auf, zogen also hernach bis gen Prag. Sie kamen an die Burg, darin damals ein König von Behem mit seinem Hofgesind war. Wie aber der Graf, auch sein Jäger und die Hund, an die Porten kamen, da war es beschlossen. Es waren aber die zwei Jägerhündlein Will und Wall so wohl Lauts, dass sich männiglich darob verwundert. Diese Ding waren dem König gleich fürbracht, der hieß sie einlassen. Da zog der Graf mit seinem Jäger und denen Hündlein bis in des Königs Saal. Darin hingen ob den tausend Hirschgehürn. Wie aber die beid' Hündlein unter das Gehürn kamen des Hirsch, den sie also gejagt hatten, da sahen sie über sich auf und erhoben abermals so wohl Lauts, dass der König und alles Hofgesinde ein groß Wunder darob nahm. Man tat auf des Königs Befehl die Gehürn, die des nächsten gefangen waren, herab und legt die für beede Jagdhündle, welche, als sie über das recht Gehürn kamen, fielen sie darum, als die Hund tun, die einen Hirsch bestätigen. Darauf sagt des Königs Jäger, dass derselbig Hirsch erst bei einem Tag darvor war gefangen worden; darbei man auch wohl erkennen könnt, dass es der Hirsch war, der des ersten an dem Weilerwald bei Feherbach wie obgemeldt auf die Bein war gebracht worden. Darauf ward der König größlicher verwundert. Also erzählte der Graf dem König den Anfang bis ans Ende: Erstlich, wie ihm sein Jägermeister, Meister Epp, das klein Männlein samt seinen zweien Jagdhündlein auf dem Holz wären aufgestoßen, auch wie ihm hernach allemal auf dem Jagen gelungen und er nie leer oder ungefangen wäre heim kommen; mehr, wie er diesen Hirsch am Weilerwald des ersten hätte antroffen, dem wären sie darnach alle Tag bis daher nachgezogen.

Da nun der König solche Abenteuer vernahm und hörte des Grafen Namen, da kannt er ihn wohl, und fand seinen Namen geschrieben in etlichen Briefen, daraus abzunehmen und zu erweisen, dass er des Königs von Behem offener, abgesagter Feind war. Darob erschrak der Graf nit wenig. Also sprach der König, er sollt' darob nit erschrecken, denn er wäre Leibs und Guts sicher. Die Herren und ander Hofgesind, so dabei waren, redeten so viel von den Sachen, dass der König und der Graf freundlicher und allerdings vereinigt wurden, und ließ der König alle Ungnad fallen. Über etliche Zeit, als der Graf mit seinem Jägerlein Meister Eppen und den zweien Jagdhündlein Willen und Wallen wollt hinweg scheiden, da bat ihn der König so ernstlich um die zwei Hündle mit Vermelden, wo er ihm die schenkte, wollte er ihm nichts versagen, warum er ihn auch bäte, das ziemlich wäre. Darauf bedachte sich der Graf und unterredete sich mit Meister Eppen, seinem Jägermeister, deshalben. Meister Epp widerriet dem Grafen, das zu tun. Wie er also in langem Zweifel stund, durft er's dem König nit abschlagen und schenkte ihm letzthin die Hündlein. Sobald das geschah, da wollt sich das Jägerlein Meister Eppe von seinen lieben Jagdhündlein, dem Willen und Wallen, nit scheiden, sondern blieb auch bei dem König zu Prag. Unlange hernach da rüstet der König von Behem den Grafen von Tübingen mit Knechten und Pferden, auch andern Schenken nach königlichen Ehren und ließ ihn mit allen Gnaden abscheiden.

Der Graf reist wieder heim gen Pfalzgrafenweiler, und bald darnach kam ihn ein Verlangen an nach seinem Meister Eppen und den Jagdhündlein. Das mehret sich an ihm so viel, dass er anfing, an

Leib und Seele abzunehmen, auch bald darauf starb. Hernach haben seine Nachkommen diesen Sitz Pfalzgrafenweiler verlassen, dass keiner mehr an demselben Ort gesehen, gleichwohl dem Dorf der Nam blieben ist.

Die Historie aber mit Meister Eppen und seinen Hunden, auch dem Pfalzgrafen von Tübingen, ist entnommen aus dem handschriftlichen Geschichtsbuch eines namens Besenfelder, der, von Horb gebürtig, eben dort um 1470 in gutem Alter gestorben. Derselbe aber hat die Historie von einem gar alten Edelmann gehabt, hat Stefan von Emershofen geheißen, der dazumal saß im Schlösslein Fehrenbach zwischen Horb und Haiterbach an der Waldach gelegen; derselbe hat's von seinen Voreltern in Geschichten bekommen.

Aus der Zimmerschen Chronik.